LA VIE, AU FOND

DU MÊME AUTEUR :

Romans

Le Dernier Juif de France, Intervalles, 2020
Deuxième mi-temps, Intervalles, 2019
Les Heures les plus sombres de notre histoire, L'Aube, 2016
Comment j'ai perdu ma femme à cause du tai chi, L'Aube, 2015

Essais et chroniques

Petit dictionnaire (modérément) amoureux de Marseille, Gaussen, 2018
Les Docks de Marseille, le nouveau cœur de la cité, L'Aube, 2017
Ils sont fous ces juifs, Éditions du Moment, 2012
L'Anti-manuel du cycliste urbain, Berg, 2010
(Petites) exceptions françaises, Albin Michel, 2008

ISBN : 978-2-36956-316-7

HUGUES SERRAF

LA VIE, AU FOND

ÉDITIONS INTERVALLES

Ce livre est un ouvrage d'imagination. Toute ressemblance ou similitude avec des personnes ou des événements de la vie réelle est certainement fortuite. Mais bon, c'est la vie, au fond...

Pour M.,
voyageur immobile et poète virtuel.

Everybody's talking at me
I don't hear a word they're saying
Only the echoes of my mind
People stopping, staring
I can't see their faces
Only the shadows of their eyes
I'm going where the sun keeps shining
Through the pouring rain
Going where the weather suits my clothes

Everybody's Talkin', Fred Neil

I

Rico fait la gueule. Il va falloir qu'il ressorte. Qu'il réenfile ses tiags et son Perfecto, qu'il réenfourche sa moto et qu'il retraverse la moitié de la ville pour livrer vingt balles de shit à cette connasse de Virginie qui le rejoindra probablement en pantoufles Teletubbies au pied de l'immeuble, comme d'hab, parce qu'elle refuse de le laisser monter de peur qu'il ne tape l'incruste. Elle lui filera son bifton bleu en échange du micro bout de marocain allongé au henné et enveloppé dans une feuille d'OCB king size, grommellera qu'il fait encore bien froid pour un mois d'avril et lui claquera la porte vitrée au pif sans autre forme de procès.

Bah, c'est une bonne cliente, cette connasse de Virginie. Elle ne lui prend peut-être que des vingt balles, mais c'est trois fois par semaine minimum. Elle dit que si elle ne stocke pas davantage, c'est pour éviter de tout cramer d'un coup. Elle se connaît trop bien, elle soupire avec cette moue de minotte prise en faute qu'elle doit croire attendrissante.

Et tant pis pour le Rico, qui se tape tout le trajet les Docks-La Rouvière à minuit et demi histoire de l'aider à réguler sa consommation ! C'est ça, la vie d'Uber-dealer, pour ne pas dire la vie d'unter-dealer : avec un client, même un client à la Virginie, on ne se formalise jamais. Autrement, pif paf, ni une ni deux, il change de crèmerie. Dans la dope, la concurrence est libre et non faussée pour de vrai. Alors on fait bonne figure, on sourit commercialement. On saute sur sa moto quelles que soient l'heure et la température – c'est vrai que ça caille encore pour un mois d'avril, vivement le printemps – et on vient gentiment lui livrer son chichon. Même juste un dix balles, tiens, s'il le faut ! Car ça arrive, faut pas croire. Les p'tits ruisseaux font les grandes rivières.

Mais ce soir, Rico l'a tout de même mauvaise. D'abord, il a un embryon de bronchite. Il tousse, crache et renifle. Ensuite, la vieille Virago fait encore des siennes. Une histoire de carburateur qui fatigue, semble-t-il. Depuis trois ou quatre jours, elle broute dans les côtes et tient mal le ralenti. Il faudrait qu'il la montre à Sergio, qui saurait sûrement bricoler un truc au moins temporaire, mais il a encore une ardoise de cent cinquante balles à apurer chez le petit graisseux du boulevard National avant de pouvoir lui redemander quoi que ce soit. Et puis, surtout, il y avait *Une maison de poupée* d'Ibsen qui commençait à peine sur France Culture. Pas qu'il soit si fan que ça du dramaturge dépressif scandinave (et d'ailleurs, c'était une rediffusion), mais c'est le théâtre à la radio qu'il kiffe. L'ambiance chambre d'écho, les bruitages faits maison qui sonnent cheap, les comédiens qui en rajoutent pour pallier l'absence de jeu de scène... Tant pis. Au boulot. Bottes de cow-boy, blouson clouté de Ricky Banlieue, casque bol vintage à micro visière, gants à coques, sacoche à bandoulière, trousseau de clefs, petite bouteille de Cristaline pour la pépie, paquet de Kleenex pour la goutte au nez, boîte à shit... En route pour le 9e arrondissement ! Cette connasse de Virginie attend son paradis artificiel.

*

La Yamaha hors d'âge hoquette un poil mais démarre sans trop se faire prier. C'est toujours ça de gagné. Rico remonte la rue de la République en direction du Vieux-Port. Pas un péquin. Il envisage vaguement de griller le feu de la place Sadi-Carnot, se ravise prudemment, puis s'autocongratule carrément car une bagnole de flics émerge tous phares éteints au même moment de l'angle de la rue Colbert. Un feu, c'est quatre points. Tout ce qu'il lui reste, quoi... Il ferait bien un de ces stages de récupération pour remplumer son permis mais ça coûte un bras.

Le reste du trajet, Rico chante la *Norma* de Bellini – qui est son compositeur du moment parce qu'ils lui consacrent un cycle d'émissions dans Musicopolis sur France Musique, qu'ils ont passé la fameuse version Scala 1955 de la Callas l'après-midi même et qu'il en a encore plein les esgourdes. « Caaaasta Diiiiva, casta divaaa, cheeee inargentiii... », il trémolise comme un finaliste de The Voice en battant la mesure d'un index ganté sur la poignée d'embrayage. Lorsqu'il atteint enfin les grilles de La Rouvière – le plus grand ensemble résidentiel d'Europe, dit-on, avec son centre commercial intégré, ses écoles, ses courts de tennis, ses 2 200 logements et ses 7 000 habitants –, la moto cale sans raison dans le tournant et refuse de redémarrer.

« La con de ta mère, ah ! Qu'esse-tu me fais encore, là ! » il s'énerve façon Gérard Lambert avé l'assent en glissant sa lourde chaîne rouillée à travers la fourche avant d'entreprendre le trek d'altitude jusqu'au bâtiment E dans la nuit froide pour livrer sa mini commande. Il bipe Virginie sur l'interphone en arrivant, elle prend son temps pour descendre, empoche la barrette, ne fait même pas semblant de compatir lorsqu'il lui raconte que sa bécane est en rade en bas de la côte et qu'il espère qu'elle va redémarrer ou il devra l'abandonner sur zone et rentrer à pied parce qu'il n'y a plus de bus à une heure pareille, et reprend le chemin inverse après qu'elle lui a claqué la porte en verre au nez comme d'hab – la salope.

Elle aurait pu faire un effort, juste cette fois. Elle aurait pu l'inviter à s'en rouler un petit au chaud dans le hall, il se dit. Ou même carrément lui offrir un ballon de rouge dans sa cuisine Schmidt. Y en a qui font ça. On n'est pas des sauvages, merde ! Connasse de Virginie.

*

Rico flotte dans l'eau délicieusement tiède, la tête et les bras reposant sur une énorme bouée en forme de Flipper hilare. Le soleil de Floride scintille à travers les feuilles des palmiers et il se propulse en battant des pieds jusqu'au plongeoir de la piscine à débordement pour aller s'emparer de la piña colada surmontée d'un mini parasol qui lui faisait de l'œil près du transat où se prélasse une bimbo à nibards XXL ; laquelle se met subitement à frapper du pied sur la margelle de granit rose en hurlant « Monsieur Donadini ! Monsieur Donadini ! Oh, mais vous êtes là ou pas, monsieur Donadini ? »

Il émerge de son coma : la pistoche a disparu. La bouée en forme de dauphin, le cocktail exotique, les palmiers et le soleil de Floride aussi. La bimbo continue pourtant de frapper mais c'était sur la porte d'entrée en fait, et elle a la même voix suraiguë que la concierge : « Monsieur Donadini, monsieur Donadini, vous m'entendez ? L'expert du syndic va passer cet après-midi pour la colonne de gaz. Z'avez tout de même pas oublié ? Il faut dégager votre bordel du palier ou vous allez encore avoir des problèmes... »

Maintenant Rico est complètement réveillé. L'expert du syndic, merde, c'était aujourd'hui ! Elle lui avait donné l'info par solidarité galérienne mais il l'avait complètement zappée. Il tente de s'éclaircir la gorge pour lui répondre, part dans une quinte de toux pleine de phlegme qu'il ravale par réflexe en manquant de s'étouffer, tente de crier depuis son lit qu'il va s'en occuper, pas de problème, mais ne parvient qu'à croasser inintelligiblement. Ce qui semble toutefois satisfaire la concierge, qui s'en retourne vaquer dans les étages à ses occupations de vraie bignole-fausse bimbo. Sans même soulever la tête de son oreiller encore humide de transpiration, il attrape un pétard aux trois quarts consumé dans le cendrier qui déborde sur le carton des Déménageurs bretons lui servant de table de chevet, tâtonne à l'aveugle pour retrouver son Zippo, allume le mégot, inspire profondément, tousse, s'étouffe à nouveau, et considère les piles de blousons de cuir qui s'entassent pratiquement jusqu'au plafond dans la petite chambre en se demandant où il va pouvoir caser le vélo d'appartement ramassé la veille sur le trottoir et qu'il s'est escrimé à hisser sur quatre étages car il n'entrait pas dans le petit ascenseur. Il ne sait d'ailleurs pas s'il fonctionne, l'équipement pour cycliste en charentaises. Sans doute pas, même si les gens jettent n'importe quoi de nos jours. Il était tard, il était claqué, il n'a pas vraiment pris le temps de l'inspecter sous toutes les coutures avant de le parquer devant sa porte d'entrée. Mais tout est possible : il pourra bien en tirer trente ou quarante balles à la brocante de la Pointe Rouge ce dimanche – du moins si Doumé est toujours partant pour lui donner un coup de main avec sa fourgonnette. On ne sait jamais, avec ce fourbe de Doumé.

Il s'extrait enfin du lit, s'étire, masse le genou endolori sur lequel il a glissé en rentrant à pinces (pratiquement dix bornes dans le froid et en bottes de cow-boy à talons biseautés), pisse à jet discontinu dans la cuvette ébréchée de ses toilettes, et se réchauffe un fond de Nescafé dans la kitchenette aux tomettes fracassées. Le vieil appart haussmannien à moulures n'est pas si mal, en fait, il se dit en revenant se rasseoir bol en main sur son matelas, le seul endroit où l'on puisse se poser pour de bon parce qu'il n'y a pas de chaise et que les quarante-deux mètres carrés sont saturés des tonnes de fringues, des dizaines de paires de chaussures et du bric-à-brac qu'il collecte au gré de ses pérégrinations urbaines. Enfin, disons qu'il ne serait pas si mal si son proprio acceptait enfin de faire les travaux de rénovation à propos desquels ils ne communiquent plus que par avocats interposés – un ténor du barreau défendant tous les marchands de sommeil de ce quartier en pleine requalification pour l'un, un jeunot boutonneux dédommagé au lance-pierre par l'aide juridictionnelle pour l'autre. Et aussi s'il avait le blé pour louer un local chez HomeBox où il pourrait enfin entreposer son matos, ça va sans dire. Il n'y a pas si longtemps encore, seul le « salon » lui servait de remise. Désormais, même la chambre et la cuisine frôlent la saturation.

C'est que Rico n'est pas que dealer dans la vie. Il aurait du mal à survivre avec la poignée de clients qui le prennent pour SOS Cannabis à n'importe quelle heure du jour ou de la nuit et complète son trafic avec le RSA, la minuscule alloc d'adulte handicapé héritée d'un vieux roulé-boulé motocycliste et la « biffe » : les cuirs, les pompes, les vélos d'appartement, il les négocie dans tous les vide-greniers de la métropole ; parfois en quasi-professionnel, avec un vrai stand, une table sur tréteaux et des portants en métal ; parfois à l'arrache comme un chiffonnier d'antan, ses hardes de récup étalées au sol sur un rideau de douche en plastique à Noailles ou aux puces des Arnavaux. Ça dépend généralement de Doumé, qui n'est pas toujours dispo ni bien luné. C'est son gros drame, ça, à Rico, d'avoir à compter sur un acolyte qui lui mange un gros morceau de chiffre d'affaires juste pour l'accompagner avec son vieux douze mètres cubes Renault à hayon. Et pour cause : lui n'a même pas le permis. Enfin, pas le « vrai ». Il n'a que le A1 pour les 125 et il lui arrive parfois d'arrimer une sorte de petite remorque de camping à sa bécane lorsqu'il bosse en solo ; voire de prendre le bus et le métro avec de gros sacs Ikea qui lui arrachent les épaules et lui tailladent les phalanges.

Il aimerait bien passer au commerce virtuel, bazarder ses trouvailles sur Vinted ou sur Leboncoin comme la plupart de ses confrères désormais, mais il ferait l'interviewé idéal d'un micro-trottoir du JT de France 2 sur la fracture numérique. Il n'a jamais touché un clavier d'ordinateur de sa vie, n'a même pas de smartphone, et le gadget électronique le plus à la page de son royaume est le petit poste FM qu'il s'est offert d'occasion au Cash Converters, qui marche plutôt bien et a plutôt un bon son car c'est un Sony haut de gamme. L'affichage numérique est niqué depuis longtemps, O.K., mais ça n'est pas bien grave vu qu'il n'écoute que trois stations de toute manière – France Culture, France Musique et France Inter – et elles sont présélectionnées. Il allume justement la radio en se dirigeant vers le bac de douche : c'est l'heure de La Grande Table, une de ses émissions préférées parce qu'il kiffe la voix d'Olivia Gesbert. Pas autant que celle de Denisa Kerschova, la meuf d'Allegreto, avec son petit accent tchèque craquant qui fait voyager, mais elle le fait bien fantasmer quand même.

Il se savonne en écoutant le débat du jour sur le bilan de la réforme du bac et donne son opinion à travers les gouttes : le contrôle continu et le tronc commun à partir de la seconde, il serait assez d'accord mais à condition que ça ne se retourne pas contre les élèves des lycées-poubelles. Il a un avis sur tout, Rico. Le bachot, lui ne l'a pas puisqu'il a arrêté l'école en fin de troisième pour aller donner un coup de main au paternel qui carrelait des salles de bains, mais ça ne l'a pas empêché de poursuivre des études supérieures sur le service public radiophonique. C'est un autodidacte oral modèle Grèce antique : sa presbytie s'aggravant, il ne lit plus beaucoup de livres, à part le vieux Larousse sans couverture dans lequel il développe le vocabulaire polysyllabique qu'il régurgite avec plus ou moins d'à-propos dans ses poèmes lyriques et dans les conversations qu'il initie avec tout le monde et n'importe qui dans le métro ou à la caisse des supermarchés, mais ça n'a jamais été un obstacle au bon déroulement de son cursus.

Il connaît les grands courants de pensée grâce à Adèle Van Reeth des Chemins de la philosophie, est incollable sur la bataille des Dardanelles *courtesy of* Xavier Mauduit du Cours de l'histoire, se passionne pour la physique quantique avec Stéphane Deligeorges de Continent Sciences et pourrait tenir une chronique parfaitement respectable dans Open jazz d'Alex Dutilh. Dealer ? Oui. Chiffonnier ? Assurément. Un peu voleur ? On peut le dire. Mais parfait « honnête homme » dix-septièmiste à la Boileau par procuration malgré tout.

*

Rico arrange ses longues boucles grises en catogan, camouflant l'inexorable progression de sa calvitie au passage. Il ne s'est pas rasé. Il aurait bien aimé, il trouve que la barbe, même de quelques jours, ne lui va pas, mais il était à cours de mousse et se passer le Gillette jetable à l'écume de savon de Marseille lui file des boutons d'acné et des plaques rouges qui démangent. Il enfile un T-shirt noir, un 501 fatigué et ses santiags sans chaussettes car, même en farfouillant à l'aveugle sous le lit, impossible de retrouver celles de la veille – pour ne rien dire d'une paire fraîche. Ainsi apprêté, il s'inspecte dans le miroir en pied de l'entrée et proclame mentalement qu'il a encore pas mal d'allure pour ses cinquante-huit ans, du moins si l'on n'est pas trop regardant sur le visage buriné par l'alcool et la dope, les ratiches manquantes ou l'estomac qui proémine un tantinet trop. « Je suis un peu comme mon appart, quoi… Les moulures chicos percent encore sous la peinture qui fout le camp mais ça devient limite », il analogise. À vrai dire, jeune, il était carrément beau gosse dans le genre mauvais garçon. On lui disait qu'il ressemblait à Matt Dillon dans *Rusty James* ou à Alain Delon dans *Rocco et ses frères*. Vers la vingtaine, il avait même fait quelques photos avec un pro de la mode qui lui promettait la gloire et la fortune, mais c'était davantage pour lui ouvrir sa couette que la porte des magazines. Il avait fini par lui mettre son poing dans la gueule et lui chourer son 6X6 Rolleiflex une fois qu'il avait eu la main trop baladeuse, au Pygmalion en rut.

*

Sur le palier, il n'y a pas que le vélo stationnaire à dégager, mais aussi trois énormes sacs de roloto à bandes multicolores remplis de vêtements et la planche et les tréteaux pour les marchés ; il a bien envie de dire va fancoule à l'expert. Ça ne serait pourtant pas une bonne idée : dans sa guerre contre le proprio, il n'y a pas que les embrouilles sur la réparation du chauffe-eau qui ne fonctionne que lorsqu'on ne s'en sert pas, les fragments d'amiante qui dégringolent du faux plafond, les fenêtres disjointes qui ne ferment plus depuis des années ou les hausses de loyer ; il y a encore l'extension régulière de son bordel dans les parties communes, et l'avocat lui a recommandé d'être irréprochable à l'approche du dépôt des écritures et de l'audience au tribunal d'instance. Il entasse tout le matos n'importe comment dans le salon, réorganise à la Tetris les piles de blousons de la chambre pour faire une petite place au vélo et se roule un trois-feuilles bien chargé en récompense. L'expert peut bien venir faire son inspection, le palier est nickel.

Puis, se souvenant qu'il avait promis à son père de monter le voir au quartier, qu'il devait y aller à moto après être passé chez Mourad, son fournisseur, mais que la Virago est toujours en rade devant les grilles de La Rouvière, il flanque un grand coup de pied de frustration dans la porte de la cuisine dont il explose ce qui restait du panneau du bas et il s'en veut mais c'est trop tard. Chopant son portable, un Alcatel à clapet rafistolé avec du sparadrap, il appelle son prestataire transport habituel :

« Ho ! Doumé ? C'est moi, c'est Rico...

— Ho gari ! Tu tombes bien, j'allais justement te téléphoner figure-toi ! Je voulais te dire, tu sais, à propos de dimanche...

— Quoi, à propos de dimanche ? Ti'es bien toujours partant j'espère...

— Ben en fait non, ça sera pas possible. Ma cousine d'Aubagne veut que je l'aide à déménager. Je peux pas lui refuser la main...

— La con de tes os, oh, tu vas pas me faire ça... Tu m'avais dit O.K., j'ai plein de gros trucs, là ! Comment je vais faire sans le camion ?

— Je peux pas, je te dis ! C'est ma cousine... La fille de ma tante Marie-Paule, vé... Je lui dois du fric en plus...

— Eh mon vier, hé ! Je m'en bats les couilles, de ta cousine. Tu t'étais engagé...

— Je m'étais engagé ? Et lui, non ?! Eh ben, té, je me désengage... »

Rico s'apprête à le traiter de fils de pute, mais se ravise : « Bon, O.K., oublie. Je me démerderai, va... Et c'est pas pour ça que je t'appelle de toute manière. Je suis en galère. Hier au soir, j'ai dû laisser ma moto devant La Rouvière. Le carburateur est niqué. Tu veux pas m'aider à la ramener jusqu'ici avec le camion ?

— Quoi, là maintenant ?

— Ben ouais, là maintenant. Je peux pas la laisser là-bas trop longtemps. On va me la lever ou me la désosser...

— Cet aprème c'est pas possible non plus, je dois aider mon cousin à transporter une armoire...

— Ta cousine, ton cousin... Tu me prendrais pas un peu pour un payot avec tous tes déménagements ?

— Ha ha ha ! Marronne pas, j'ai une grande famille. On s'entraide. C'est comme ça chez nous, les Corses !

— Putain, fais pas le chien, ah ! Ça va pas te prendre longtemps. À quelle heure tu y vas, chez le cousin ?

— Il m'a dit vers 5 heures...

— Regarde, il est même pas 2 heures. Tu viens me chercher maintenant, on récupère la moto, on la dépose chez mon réparateur au boulevard National et tu retournes faire ta vie. Ça nous prend une heure, une heure et demie grand maximum... Gros, fais pas l'enculé, vaï ! Tu vois bien que je suis dans la merde. Et après, il faut encore que j'aille voir mon père dans le 15e en bus... Fais pas l'enculé, ha, va, Doumé...

— Hum, bon... Allez. D'accord. Je passe te prendre dans dix minutes alors. Mais on se grouille et ça te fera vingt euros si je dois t'aider à la mettre dans le camion, en plus, vu que le hayon déconne. Il faut aussi que je refasse de l'essence...

— O.K., O.K., O.K., vingt euros, c'est bon. Je t'attends en bas de chez moi », il soupire avant de raccrocher sans même prendre la peine de marchander. Vingt euros, c'est juste le pognon qu'il s'est fait la veille. Enfin, pas exactement puisqu'il ne marge qu'à quarante pour cent sur la dope et n'a engrangé que huit petits euros de bénéfice en récompense pour son expédition foireuse. Et maintenant il doit en dépenser plus du double juste pour récupérer une moto en panne, n'a plus rien dans le frigo, est totalement à sec de shit, est en retard sur le loyer et l'EDF, et n'a pas la moindre idée de la manière dont il va financer les réparations.

« Fatche de con, un vrai baron de la drogue ! » il se dit, et il ne sait plus s'il a envie de rire ou de pleurer alors il fait les deux en même temps, le front appuyé sur le mur lépreux du couloir.

II

Mourad, ça n'est pas exactement un pote, il n'y a pas de potes dans le biz, mais c'est sans doute ce qui s'en rapproche le plus. D'avoir joué, minots, au ballon au pied des immeubles de la cité, deux cartables en guise de cage, ça crée des liens. Alors quand Rico monte au quartier pour faire ses provisions, le semi-grossiste sait se montrer généreux et rajoute toujours un échantillon gratos de pollen ou d'amnésia à sa commande, toute modeste qu'elle soit (il y a des gloutons qui prennent davantage pour leur consommation personnelle, on le lui a déjà fait remarquer) : « Tiens, ça, c'est pas pour vendre. C'est de la première passe et c'est juste pour ta gueule ! Direct de ma réserve perso. Tu risques pas d'en toucher souvent, de cette qualité !

— C'est gentil. Mais juste pour aujourd'hui, ça serait cool si je pouvais te filer que la moitié du pognon et te donner le reste demain. Je suis à sec, j'ai le loyer en retard, la moto qui déconne. Y a tout qui me tombe dessus en même temps, là...

— Eh ! Oh ! collègue, je comprends la situation mais on n'est pas à la CAF ici. La maison fait pas crédit.

— Mourad, mec, sois cool. Vé, je te laisse ma montre en garantie si tu veux. C'était celle de mon grand-père. Elle vaut des ronds, c'est une Yema de plongée 50 mètres. Et je remonte demain matin première heure avec le fric, la tête de ma mère !

— Hum, fais voir un peu... Ha ha ha ! Miskine le crevard, elle est en plastoc ta montre ! Heureusement qu'elle est déjà morte ta mère... Mais non, désolé : pas d'exception. Tu payes ce que tu prends ou tu prends rien du tout. Reviens plutôt demain avec le fric et là je te sers. Pas de problème.

— Ben, c'est seulement si je pars avec la marchandise maintenant que j'aurai le fric pour te payer demain, j'ai des commandes en attente...

Mourad hausse les épaules : « Non, non. Pas possible. Si je fais une entorse à la règle, tous les cassos de Marseille vont me demander de leur faire une ardoise pour leurs cinquante grammes, je vais plus m'en sortir. J'ai des comptes à rendre, moi aussi, tu crois quoi ?

— Oh ! Eh ! Mourad, déconne pas, c'est moi Rico, je suis pas tous les cassos de Marseille... C'est juste pour quelques heures, putain !

— Bon, dis, me casse pas les couilles. Tu payes, tu touches. Tu payes pas, tu touches pas. Maintenant, sois brave, va jouer ailleurs, j'ai des trucs à faire, là... »

Rico quitte l'appartement de son N+1 narcotique, bouillant d'humiliation. Mourad, cet empaffé, combien de fois il lui a servi de nourrice pour un truc chelou ou un autre sans même lui demander de contrepartie ? En frère, pour ainsi dire ! Combien de fois il lui a rendu service avant qu'il ne fasse son chemin dans la hiérarchie et ne se mette à jouer les affranchis ? En bas de l'immeuble tagué comme un vieux métro new-yorkais, des choufs de quinze ans vautrés sur un clic-clac aussi défoncé qu'eux le regardent passer, narquois, mais ne l'embêtent pas. Ils le connaissent. Et la panoplie de papy qu'il adopte pour venir faire ses emplettes (casquette en tweed, anorak gris à capuche, bottines orthopédiques à fermeture Éclair et cabas de supermarché d'où dépassent les feuilles d'un poireau) le rend presque aussi inoffensif aux yeux des racailles qu'à ceux des cow-boys de la BAC ; juste un ancien usé qui revient du Carrefour Grand Littoral.

Car s'il y a une chose qu'il a toujours su faire, le Rico, c'est se fondre dans la masse. Dans sa période parisienne, lorsqu'il piquait des fringues sur commande express des putes et des maquereaux de Pigalle, il arpentait les boutiques des Grands Boulevards et du Forum des Halles déguisé en étudiant propret à lunettes rondes et chemisette boutonnée jusqu'au col, enfournant jeans Diesel, vestes Dolce & Gabbana, parfums Guerlain, maquillage Shiseido et soutifs Aubade dans un gros boudin de matelot sans jamais se faire repérer. Enfin si. Une fois. Mais ça n'était pas allé très loin car il avait su convaincre le vigile sentimental d'une franchise Benetton qu'il s'était laissé tenter par ce petit pull fuchsia pour son amoureuse, c'est vrai, on va pas se mentir, mais que la fauche n'était absolument pas son genre. Il s'en était tiré avec une admonestation bienveillante et s'était surtout félicité de ne pas s'être fait choper pince à antivol de filou professionnel en poche. Ça l'aurait rendu nettement moins crédible – même en pleurnichant qu'il habitait chez sa grand-mère cardiaque et qu'elle ne s'en remettrait jamais s'il fallait qu'elle vienne le récupérer au commissariat avec son déambulateur...

*

« Tu restes manger avec moi ? demande son père à Rico sans détourner la tête de la télévision où une voiture de flics américains, toutes sirènes hurlantes, donne la chasse à une Camaro rouge dans le fameux lit à sec de la Los Angeles River, lequel doit être sacrément embouteillé vu le nombre de navets à courses-poursuites qu'on y tourne : j'allais faire des raviolis. Des Panzani à la sauce tomate comme ti'aimes bien.

— Non papa, c'est gentil mais je suis venu en bus, j'aurai pas le temps. J'ai pas la moto, elle est encore en panne. Je passais juste te claquer la bise en coup de vent. J'étais dans le secteur pour une affaire...

— Une affaire ? Qué affaire ? Tu vas pas encore te mettre dans une engatse, hein, j'espère ?

— Eh non papa ! Te monte pas la tête. C'est pour le marché de dimanche à la Pointe Rouge. Mais il faudrait que je prenne encore un peu dans la réserve pour acheter des trucs...

— Ah, quelle surprise ! Dans la réserve, il te reste plus beaucoup. Tu pioches dedans plus souvent que tu la remplis... »

Si Rico est parfois tenu de discipliner la consommation de teuch de ses clients manquant de tempérance, c'est à son paternel qu'il revient de contrôler le débit de ses propres économies. Et pour à peu près les mêmes raisons : en période de vaches grasses, ou du moins de vaches ressemblant davantage à des laitières normandes qu'à des zébus sahéliens, tout le cash en surplus est systématiquement stocké dans une boîte en fer blanc confiée à la garde de Donadini *il vecchio*. Ce qui implique, pour Rico, d'être vraiment à la ramasse avant d'oser le solliciter au risque de s'infliger un nouveau sermon sur les nécessités de l'épargne de précaution.

« Et il te faut combien ce coup-ci ? glousse le vieux carreleur, debout devant un placard, le bras tendu pour attraper le coffre-fort Quality Street de son fiston. Je te l'ai dit, ça repousse pas...

— Hum, je sais pas trop... Disons 600... Non, 700... Non, 600 ça ira...

— 600 euros ?! Eh bé... C'est quoi cette "affaire", d'abord ?

— Mais rien je te dis. La routine. C'est pour le marché de dimanche et le garagiste...

— Comme tu veux, c'est tes sous après tout. C'est toi qui vois mais je te préviens, il soupire en notant scrupuleusement le montant du retrait sur un petit carnet à spirale et en calculant le solde : après décaissement, il te reste exactement 2 685 euros à la banque Donadini & Fils. Quand y aura plus rien sur ton compte, faudra pas t'attendre à négocier un découvert. On la fait plus depuis longtemps, cette prestation...

— C'est bon papa, c'est bon, t'inquiète... Je gère, vé... Et ça va se mettre à rerentrer rapidement de toute manière, fais-moi confiance. »

*

« Alors là, c'est pas juste le carbu qu'il faut remplacer, diagnostique Sergio le garagiste en s'essuyant les mains sur son polo Lacoste de fonction et après avoir examiné la moto sous toutes les coutures et testé le ralenti : il faut aussi changer les bougies, le filtre à air, la pipe d'admission qui est fendue... Plein de bricoles. Même ton pot déconne mais il devrait tenir encore un peu, c'est pas le plus urgent. Laisse-la moi jusqu'à la fin de la semaine prochaine et je m'en occuperai. Je suis surbooké en ce moment...

— Oulah ! Une semaine sans moto ça fait long ! Et combien ça va encore me coûter tout ça ? C'est pas trop le moment...

— Bof, sans compter ton ardoise de la fois dernière, je dirais dans les 500 euros si je fais juste le minimum. Peut-être moins si je te pose un carbu d'occase mais j'irai pas le chercher à ta place. Tu pourrais pas t'en trouver un toi-même sur internet ?

— Je l'ai pas, internet...

— Ou dans une casse. Tu veux des adresses où tu peux aller de ma part ?

— C'est bon, c'est bon, mets-m'en un neuf, va. Au point où j'en suis...

— Ça serait pas du luxe. Mais tu ferais mieux de changer carrément de bécane, à mon avis. Celle-là, à chaque fois que tu répares un truc y en a un autre qui se met à déconner... J'ai une Yam 250 très correcte qui va rentrer. Une CBR, c'est increvable. Tu pourrais l'avoir pour 800 euros, je gagne rien dessus.

— J'ai pas le permis.

— Arf, pas de sous, pas d'internet, pas de permis... Ti'as

pas grand-chose, toi, se bidonne le mécano : alors en 125, je vais aussi rentrer une Mash de 2016 dans pas longtemps. C'est chinois, c'est pas super bien fini mais c'est pas cher non plus. »

Mais une chinoise en toc, c'est le dernier truc dont Rico aurait envie. Il ne répond pas, caresse le guidon façon chopper de la Virago pour lui dire au revoir et quitte l'atelier en marmonnant, son portefeuille plus léger de cent cinquante balles. Sa moto, c'est son seul luxe dans la vie. Son seul accessoire qui ne soit pas qu'utilitaire. Ça n'est peut-être qu'une 125, pratiquement un cyclo du point de vue des bikers en grosses cylindrées qui se font des signes de reconnaissance lorsqu'ils se croisent sur les routes nationales, mais c'est une 125 *d'avant* – du temps où les bécanes ressemblaient encore à quelque chose. La sienne, de loin, dans la pénombre et surtout si l'on n'y connaît rien, avec son moteur surdimensionné, ses chromes, ses cuirs et ses franges, on la prendrait presque pour un bébé Harley.

« Une chinoise ? *Une chinetoque !* La con de sa mère, ah ! Il m'a pris pour qui ? » il lâche une fois sur le trottoir et une petite bonne femme au loO.K. asiatique qui passait par-là l'entend et se retourne en le fusillant du regard alors il s'excuse platement.

*

Parce qu'il n'a pas eu le cœur de retourner se faire humilier chez Mourad avant de revenir dans le centre, Rico est forcé de baratiner deux clients au téléphone en expliquant qu'il ne pourra malheureusement pas livrer ce soir mais que demain, s'ils veulent bien patienter, il aura une came dont ils lui diront des nouvelles parce que c'est le « top du top ». « Un arrivage direct du Haut-Atlas élaboré par des Bédouins selon une méthode ancestrale et garanti sans aucun additif chimique. Du bio, quoi, pour ainsi dire... » il explique. Il aime bien en faire des tonnes question qualité et origine en inventant une légende à sa marchandise, parce que ça lui permet de se distinguer des mecs qui livrent du shit générique comme on livre de la pizza surgelée. Le sien et le leur sont exactement les mêmes, probablement débarqués d'Algésiras *via* le même Go Fast, et les clients qui font appel à lui se foutent éperdument de ces détails – ils veulent juste s'épargner une visite dans un coupe-gorge des quartiers nord et rester tranquillement calés devant Netflix –, mais il lui semble que ça rend le métier plus noble. Il fait pareil avec les fringues : il ne revend pas cent euros un bête blazer négocié la veille pour le dixième à un Rom sur un trottoir de la Belle de Mai, non, il se sépare la mort dans l'âme d'une pièce italienne unique en agneau plongé dont on ne voit plus guère l'équivalent dans les boutiques des Terrasses du Port ou de la rue Paradis : en fringues aussi, il n'y a plus que du chinetoque (« Pardon madame ! »)

*

À l'arrière du Carrefour Market, le gérant à grosses lunettes et ses caissières sont en train d'empiler avec soin des produits périmés dans un conteneur à ordures quand Rico fait son apparition, cabas en main. Son « vrai » cabas de commissions, pour le coup, pas son accessoire d'invisibilisation professionnelle à feuilles de poireau intégrées. Deux soirs par semaine à la même heure, et ça fait maintenant plus d'un an que ça dure, c'est bien rôdé, le boss lui réserve les produits hors DLC les plus sympas en les mettant à part du tout-venant que viendront se disputer plus tard les miséreux du secteur. C'est que ça part souvent en biberine, le glanage alimentaire, et Rico est plutôt satisfait d'un arrangement qui lui permet d'éviter de se crêper le chignon avec les clodos ukrainiens volontiers agressifs ou les mamas sénégalaises à forte personnalité qui fréquentent le même point de ravitaillement.

Un jour où ça avait carrément tourné au pugilat, le type avait d'ailleurs menacé de se mettre à balancer de l'eau de javel dans le conteneur pour rendre la marchandise imbouffable (pas mal de ses confrères le font) et ça avait calmé les habitués, mais ça reste tout de même assez sauvage car il y constamment des nouveaux qui ne connaissent pas les usages. Bon, il ne l'aurait sans doute pas fait pour de bon, ce n'est pas son genre : c'est un manager d'enseigne de grande distribution *humaniste*, ce binoclard-là ! Et avec Rico, qu'il trouve pittoresque parce qu'il a toujours une bonne anecdote bien tordue à lui raconter avec son accent marseillais à l'ancienne quand lui est conventionnellement natif de Tours, berceau proverbial du parler neutre, il trouve même normal de faire un régime d'exception. Il lui garde toujours ce qu'il y a de mieux : des yaourts au bifidus actif, du saumon fumé d'Écosse, du jus d'orange Tropicana, des poulets Label rouge du Gers, du jambon bio en tranches... Tout un tas d'articles qu'il est légalement tenu de virer des gondoles mais qui restent parfaitement consommables. En contrepartie, son obligé lui propose parfois un petit bout de chichon mais le gars refuse systématiquement car il est diplômé d'une école de commerce, pas d'une fac de socio...

« J'ai une mauvaise nouvelle, il lui annonce pourtant en lui tendant ses victuailles : bientôt, je pourrai plus rien te donner… J'ai reçu des consignes du siège.

— Aïe, merde ! Et pourquoi ? Qu'est-ce qui se passe ? C'est à cause des bagarres ?

— Non, non, non, ça n'a rien à voir avec ça. Ils savent pas. Ils s'en foutent. C'est à cause de la nouvelle loi contre le gaspillage alimentaire. On n'a plus le droit de jeter, et ça c'est bien, mais on ne pourra plus donner en direct non plus…

— Vous jetez plus mais vous donnez plus non plus ? C'est quoi ce délire ?

— À partir de maintenant, chaque magasin doit avoir un deal avec une association qui viendra collecter les produits périmés.

— Oh fatche ! Tu peux pas juste leur dire que ce que tu me donnes, c'est pour une assoce ?

— Oh là là, tu rigoles ?! Il faut faire ça dans les règles, signer une convention de partenariat, respecter la chaîne du froid, etc. C'est compliqué et c'est super contrôlé.

— Les enculés !

— Mais non, pas les enculés ! C'est pour empêcher les magasins de foutre la marchandise en l'air, il y en a plein qui ne s'emmerdaient pas avec ça, tu sais. Alors c'est pas une mauvaise loi… C'est Ségolène Royal qui avait eu l'idée, je crois. Elle est devenue un peu barge mais elle dit pas que des conneries…

— Mouais, c'est peut-être pas une mauvaise loi, mais moi ça m'arrange pas du tout. Comment je vais faire alors ? »

Embarrassé, le gérant enlève ses lunettes pour en désembuer les verres avec un pan de sa chemisette à logo

Carrouf, les replace sur son nez, se gratte la tête : « Écoute, je suis vraiment désolé mais je peux pas faire autrement. J'essaierai encore de te filer des choses discrétos de temps en temps mais, à partir de la semaine prochaine, y a un bonhomme d'une banque alimentaire qui passera tous les matins avec une camionnette frigorifique. Je te donnerai les coordonnées, tu pourras quand même aller y chercher de la bouffe mais, c'est sûr, ça sera plus pareil... »

Dégoûté, Rico lui serre la main, ramasse son cabas désormais plein comme une barrique parce le gars l'a particulièrement bien soigné pour faire passer la pilule (il y a des biscuits au chocolat – des Granola, ses préférés –, du jus de pomme fermier et un énorme pot de guacamole) et rentre chez lui en maudissant ces bourgeois convaincus de faire le bonheur des pauvres malgré eux mais qui les enfoncent un peu plus dans la merde à chaque fois qu'ils prennent une initiative. Les banques alimentaires, il connaît. Il les a assez fréquentées avant de tomber sur ce plan Carrefour. Le plus souvent, c'est fraternel et chaleureux, on aurait presque l'impression d'être en train de faire ses courses comme tout le monde ; mais, parfois, il faut se farcir une dame patronnesse sourcilleuse qui contrôle soixante-douze fois les papiers du RSA et pose des tas de questions indiscrètes histoire de s'assurer qu'un milliardaire ne s'est pas déguisé en SDF pour lui extorquer un paquet de coquillettes avant de rentrer se préparer un festin dans sa villa de la Corniche.

Une fois, parce qu'il faut toujours qu'il raconte sa vie, il ne peut pas s'en empêcher, il avait eu le malheur de lâcher qu'il ajoutait une tablette de chocolat aux noisettes à son ordinaire riz-pâtes-patates pour la donner à son père

– auquel ça ferait sûrement plaisir. La bénévole en charge la lui avait prestement retirée des mains en déclarant que si c'était pour « offrir », c'était qu'il n'en avait pas besoin « pour de bon ». « Ici, monsieur, on s'occupe des gens qui sont *réellement* en difficulté. On n'est pas là pour distribuer des friandises à la famille ou aux amis », elle avait ajouté en demandant à revoir son justificatif de la CAF pour faire bonne mesure. Il n'avait rien répondu.

Quand on est vraiment tout au fond du trou, justement, on apprend à faire le dos rond lorsqu'on vous rabaisse, que ce soit chez le grossiste en shit, chez le réparateur de motos, ou chez les dames patronnesses casse-couilles. Du temps qu'il était encore pochetron, qu'il était complètement bourré dès le début de l'après-midi, il était moins diplomate et n'hésitait pas à se rebiffer, mais ça ne lui portait généralement pas bonheur. D'un autre côté, maintenant qu'il ne picole plus qu'avec relative modération et qu'il a appris à gérer ses humeurs, il n'a pas l'impression de s'en tirer beaucoup mieux.

III

Rico est assis sur la cuvette des chiottes, son Larousse des synonymes en main. Il cherche des rimes en « asse » pour un poème car il sent bien que « connasse », « grognasse » et « pétasse », les seules à lui venir spontanément, ne conviendront pas parce qu'il s'agit d'un poème d'amour courtois en rimes redoublées et qu'il lui faut encore un pendant à « cuirasse »! À moins qu'il ne se rabatte tout simplement sur « armure » à la place... Les rimes en « ure », c'est plus facile à trouver que les rimes en « asse ». Il y a « blessure », par exemple. « Blessure », c'est parfait pour parler d'amour. Et « démesure » et « appogiature », ça pourrait coller aussi... Va pour « armure », donc. C'était pour la fendre, de toute manière.

Mais le bruit d'un morceau de papier qu'on déchire venu de la cuisine l'arrache à sa composition et il lève le nez de son dico pour jeter un coup d'œil à travers l'encadrement sans porte de la salle de bains. Ses yeux en rencontrent d'autres : deux petites billes chafouines perchées sur le museau pointu et moustachu d'un rat. D'un gros rat gris et luisant. Il y a un putain de gros rat gris et luisant en train de grignoter du Sopalin avec ses dents jaunes dans la cuisine ! Rico est tellement stupéfait qu'il en reste figé sur son trône, le Larousse au bout des doigts, le jean en tire-bouchon sur ses pieds nus, le caleçon à mi-chevilles. Le rat aussi est comme pétrifié. Ils s'observent l'un l'autre, attendant prudemment qu'il se passe quelque chose.

C'est Rico qui ouvre les hostilités : sans même décoller les fesses de la lunette, il balance son dictionnaire sur l'intrus qu'il percute sur le flanc gauche, mais c'était après un rebond du gros livre sur le mur du couloir, l'impact était mollasson, et le rat a presque l'air de se marrer. Il paraît que les rats rigolent pour de bon, d'ailleurs. Il l'a entendu l'autre matin sur Culture, un neurologue du CNRS étant venu expliquer qu'ils réagissent aux chatouilles et même aux situations cocasses (rime en « asse » !) d'un point de vue de rongeur, mais qu'on ne s'en était rendu compte que récemment car ils se bidonnent en ultrasons pratiquement inaudibles (à 50 kilohertz, pour être précis). Le type avait ajouté que Rabelais, en prétendant que le rire était le propre de l'homme, s'était bien fait « ratiboiser » pour le coup, mais son jeu de mots était passé inaperçu car personne n'avait rigolé dans le studio (ou alors en ultrasons à 50 kilohertz).

Le rongeur se dresse sur ses pattes arrière comme un écureuil de jardin public, renifle vaguement le Larousse, se lisse les vibrisses, puis se replie sans hâte particulière vers l'intérieur de la cuisine où il disparaît derrière un bloc de tiroirs.

*

« J'ai un problème de rat, explique Rico au vendeur du Brico Plus. Qu'est-ce que je peux faire pour m'en débarrasser rapidement ?

— Hum, ça dépend... Ça peut être juste un rat de passage, un qui s'est installé à domicile, ou carrément toute une famille, répond le gars en désignant une gondole intégralement consacrée à la thématique raticide, du mécanique au chimique : on a ce qu'il faut dans tous les cas. Vous en avez déjà repéré un ou c'était seulement des crottes suspectes ?

— Oh là ! peuchère, je l'ai bien vu malheureusement ! Un gris. Un du genre de ceux qu'on voit près des poubelles, mais j'habite au quatrième et c'est bien la première fois que ça m'arrive. C'est normal, ça, qu'ils grimpent dans les étages ?

— En principe non. Ils préfèrent les rez-de-chaussée ou les caves. Mais s'ils trouvent un refuge sympa en altitude, ils font facilement une exception. S'il y a des bouts de tissu, du vieux linge, du bordel, des trucs comme ça, dans un endroit où ils seront pas dérangés et pas trop loin d'une source d'eau et d'un gisement de nourriture, ils peuvent se fabriquer un petit nid douillet à peu près n'importe où, en fait... C'est que c'est malin comme animal ! »

Du gros bordel, un endroit au calme et de la bouffe et de la flotte à proximité, Rico se figure bien que son chez-lui coche toutes les cases de la promotion immobilière ratière. Le salon, directement mitoyen de la cuisine et dans lequel il ne peut lui-même pénétrer qu'en escaladant littéralement un mur de Berlin de fringues (on s'y fait, c'est juste un coup à prendre), est clairement l'environnement idéal. Il évite toutefois de s'étendre sur cette configuration originale auprès du vendeur, qui n'en aurait rien eu à branler de toute manière.

« J'en n' ai encore vu qu'un seul. C'était juste ce matin. Et j'avais pas repéré de crottes jusqu'à maintenant, mais je vais faire plus gaffe à présent...

— Bon ben on va partir sur l'idée qu'il est encore en solo. Vous pouvez commencer par mettre des tapettes avec un appât genre boule de mie de pain, vu que les morceaux de gruyère, en vérité, ça ne marche que dans les dessins animés : le rat vient le boulotter, le ressort se déclenche et, clac, ça lui brise net la colonne vertébrale ! Mais il faut pas qu'il soit trop gros ou ça fonctionne moins bien et il emporte la tapette et l'appât avec lui. Il est gros comment le vôtre ?

— Plutôt costaud. À peu près comme ça. Et encore c'est sans compter la queue », il dit en écartant les mains comme un pêcheur qui raconte ses exploits, et le mec siffle parce qu'il est impressionné :

— Ah ouais, belle pièce ! La tapette, c'est pas sûr que ça soit suffisant. Ils ont oublié d'être cons, je vous dis. Enfin, moi, j'en mettrais tout de même deux ou trois ici et là par acquit de conscience, plus une assiette avec de la bouffe mélangée à du raticide. Vous n'avez pas d'animal de compagnie ? Ou alors des gosses, parce que c'est super puissant et il y a parfois des accidents...

— Non, moi j'ai que le rat...

— O.K., alors donc disons les tapettes, le raticide, tout le bataclan ! Et surtout, bouchez tous les accès possibles. Même un très gros rat peut se glisser dans un tout petit trou : ils se disloquent les épaules d'un côté et se les remettent en place de l'autre. J'en ai vu le faire, c'est pas croyable !

— Boucher tous les trous, ça sera pas facile. Mais je vais faire le reste. »

De retour à l'appartement, Rico installe ses pièges en suivant les consignes du vendeur, prépare une assiette de riz parfumé à la mort aux rats qu'il dépose entre la cuisine et le salon et place ses stocks de bouffe à l'abri dans le frigo. Même les boîtes de conserve encore serties, dans le doute... Puis il se roule un pétard, s'allonge sur son lit et allume le poste car c'est l'heure du Rendez-vous de l'éco et qu'ils sont censés parler de l'aggravation de la pénurie de logements locatifs dans les grandes agglomérations (du moins chez les bipèdes).

*

Le téléphone sonne et fait sursauter Rico, qui s'était endormi malgré la radio. Sans même regarder sa montre, il sait qu'il est plus de 20 heures parce que c'est déjà À voix nue. Il a roupillé tout l'après-midi. Il déplie le clapet du téléphone, colle l'Alcatel sur son oreille, fait « Allô ? » d'une voix rauque et c'est Laetitia à l'autre bout, une autre de ses clientes régulières à petit budget.

« Ah ! ben putain, tu réponds enfin, je t'ai appelé au moins dix fois ! elle grésille dans le petit haut-parleur. Dis-moi, on pourrait pas se capter vite fait ?

— Ah, excuse-moi, désolé, j'avais pas entendu tes appels. J'étais occupé...

— Ben ouais, mais moi j'ai failli voir avec quelqu'un d'autre. Ti'as du pot parce que le prochain coup, hein... J'ai des potes qui vont passer, je voulais te prendre pour cinquante balles de teuch pour la soirée car je...

— Shhh ! » il l'interrompt instantanément...

Laetitia – il lui a déjà fait la leçon un milliard de fois mais elle le prend systématiquement à la rigolade en le traitant de parano – n'est pas la discrétion incarnée. Lorsqu'un client passe commande, le grand flip de Rico, en effet, c'est d'être repéré par les flics qui, il en est convaincu, enregistrent toutes les conversations téléphoniques sur un ordinateur maousse programmé pour réagir au moindre mot-clef à connotation délictueuse. C'est même la principale raison pour laquelle il ne passe pas au smartphone, qu'il croit plus vulnérable aux écoutes que son portable antédiluvien. Mais la meuf, qui est graphiste dans une imprimerie où elle maquette des flyers promotionnels d'hypermarchés sur Mac et joue donc volontiers les expertes en informatique, lui rétorque invariablement que si l'on pouvait vraiment espionner tout le monde aussi facilement, on choperait tous les djihadistes se refilant des recettes d'explosifs et il n'y aurait plus jamais d'attentats. Ça ne rassure que moyennement Rico : « djihadistes », « explosifs » et « attentats » dans un dialogue sur GSM, ça doit faire clignoter le super ordinateur des condés encore plus prestement que « Allô allô, j'ai besoin de cinquante balles de chichon pour la soirée ».

« O.K. O.K. O.K.... donc, tu veux qu'on se capte pour les chaussures alors ? il répond en code Rico.

— *Les chaussures* ? Mais de quoi tu parles ? Je te dis que je veux juste cinquante... Ah oui, d'accord, *les chaussures,* c'est ça ! En pointure 50 car j'ai des putain de grands pieds pour ma taille. Tu pourrais passer chez moi pour me les apporter ?

— Hum, chez toi, ça fait un peu trop loin. J'ai pas la moto en ce moment. On peut se retrouver à mi-chemin en tram si tu veux bien. Disons aux Réformés devant le bar des Danaïdes...

— Putain, ça me pète un peu les couilles, là ! Je suis en train de préparer à bouffer pour mes potes, j'aurai pas le temps de ressortir. Et puis si tu viens en tram, tu peux bien pousser jusqu'aux Cinq-Avenues. C'est juste quelques arrêts de plus, allez Rico !

— O.K. O.K., je t'appelle en arrivant sur zone. Mais d'ici une bonne demi-heure alors parce que le temps de... »

Mais elle lui coupe la chique et raccroche sans dire au revoir ou merci.

*

Rico examine l'état de son installation raticide avant de quitter l'appart. La bestiole n'a manifestement pas profité de sa longue sieste pour se faire exploser l'échine par gloutonnerie et les tapettes sont toujours bien en place, garnies de leurs petites boules de pain. L'assiette de riz à la sauce neurotoxique n'a pas eu davantage de succès. Il l'a peut-être juste rêvé, le rat, il se dit. Ça serait cool. Mais il l'a peut-être aussi halluciné. Ça serait moins cool.

Dans le tram, adossé au composteur, prêt à valider le ticket qu'il garde en main au cas où un commando de contrôleurs se pointerait, ce qui n'arrive heureusement pas souvent (il se fixe des challenges : ce ticket-là, c'est précisément la quarante-troisième fois qu'il le fait voyager gratos. Son record), il observe la vie comme elle va sur la Canebière à travers la fenêtre, il écoute les conversations et décoche des sourires niais aux mamans à poussette qui, parfois, les lui rendent. Mais il ne drague pas, il ne se sent pas trop légitime pour ça en ce moment, rapport à ses ratiches en moins.

Aux Cinq-Avenues, Laetitia l'attend déjà devant l'arrêt, assise sur un banc, la tête baissée sur son téléphone, les pouces qui font la danse de Saint-Guy sur l'écran tactile. Elle est mignonne, cette petite, avec ses cheveux courts poil de carotte et plein d'épis. Pas canon canon, mais il en ferait tout de même bien son quatre heures. Il avait même essayé de lui faire un peu de gringue au tout début de leur relation commerciale – elle lui avait été recommandée par Virginie, la connasse de La Rouvière avec laquelle elle est copine de cours de bachata –, mais il s'était vite pris un râteau sans appel. Elle a déjà son copain de toute manière. Et, avec ses 25 ou 26 ans grand max, elle est sans doute carrément hors d'atteinte : il est juste le vieux mec qui lui livre le shit à toute heure, même s'ils se font désormais la bise comme d'authentiques collègues.

Elle veut lui tendre ses biftons vite fait, pressée de retourner à ses fourneaux, mais lui préfère l'entraîner dans une petite rue moins animée par discrétion, et elle lui emboîte le pas en répétant qu'elle n'a pas beaucoup de temps. « Alors, c'est la grande fiesta ce soir ? » il dit en pesant la barrette sur la petite balance électronique qu'il vient de poser sur un appui de fenêtre pour lui montrer qu'il travaille au dixième de gramme près et qu'il ne la couillonne pas : « Tu fêtes ton anniversaire ?

— Non, non. C'est l'anniversaire de Jean-Philippe... De mon copain, quoi... C'est pour ça que je voulais avoir du teuch ce soir.

— Ah, ça va être son cadeau ?

— Hi hi hi, non plus. Mais ça le fera patienter parce que j'ai pas eu le temps d'aller lui en acheter un vrai.

— Dis donc, un vélo d'appartement, ça lui ferait pas

plaisir par hasard ? Je vends justement le mien, il est comme neuf...

— Je pense pas, non, mais tu fais du sport, toi ? Elle s'esclaffe et Rico a très envie de lui en coller une sur le tarin tellement elle a l'air de trouver ça impensable.

— Ben, de temps en temps, oui, ça m'arrive. On se maintient », il répond toutefois d'un ton neutre.

Laetitia piétine sur place et meurt d'envie de se barrer, il le voit bien, mais il a encore envie de bavarder. Après tout, il s'est pointé au rendez-vous pratiquement dans la seconde sans rechigner ; elle va passer une bonne soirée avec ses potes et son shit avant de se faire brouter la chatte par son Jean-Philippe... Elle peut bien lui consacrer trois minutes, putain ! Alors il lui tient encore un peu la jambe, lui pose des questions sur la fiesta, des fois qu'il lui vienne à l'idée de l'y convier – ne serait-ce que par pitié. Une fête d'anniversaire avec des jeunes. Il y a longtemps qu'on ne l'a pas invité à un truc comme ça. Ça lui changerait les idées, il rencontrerait des clients prospectifs, peut-être même une meuf ! Qui sait ?... Mais pour toutes ses manœuvres subliminales à base de « tiens, ben moi, ce soir, je fais rien de spécial, figure-toi », l'invitation ne vient pas. Il n'est même pas coincé dans la « friend zone », juste dans la « vieux dealer de shit pathétique zone ». L'échange pognon-dope enfin effectué, elle dit *ciao ciao* et se sauve.

*

De toute manière, en réalité, Rico n'a pas vraiment rien à faire de sa soirée car c'est jour de lessive pro dans son planning. Régulièrement, lorsque son stock de cuirs franchit le seuil du gérable, il remplit de grosses bassines d'eau bouillante additionnée de vinaigre blanc et y malaxe ses blousons histoire de leur rendre une seconde jeunesse. C'est assez efficace. C'est un confrère biffin qui lui a donné le truc et il y a une sacrée phase d'apprentissage car, si l'on s'y prend mal, on peut facilement foutre la matière en l'air. Le hic, c'est que ça n'est pas très bon pour les mains et que, même avec deux paires de gants de vaisselle superposées, ça finit par les attaquer et les siennes ressemblent désormais à d'énormes battoirs mauves et crevassés sur lesquels il doit tartiner des tonnes de pommade adoucissante à la lanoline et des litres d'huile d'olive.

Il remonte dans le tram en sens inverse pour redescendre jusqu'aux Docks, son ticket en main près du composteur, et calcule mentalement ses dosages et ses temps de trempage en plus des profits qu'il compte bien engranger le surlendemain au fameux vide-grenier de la Pointe Rouge pour lequel Doumé l'a planté pour cause de cousinage insulaire envahissant. Il est d'ailleurs tellement absorbé dans ses pensées qu'il ne repère pas tout de suite le commando de contrôleurs monté dans la rame à l'arrêt du cours Belsunce et ne valide son ticket qu'*in extremis*. Mais ces connards devaient être en fin de service car ils ne contrôlent personne et se contentent de causer OM à l'autre bout de la rame. Un ticson de compète pour rien. Les fumiers.

IV

Se rendre de chez Rico à la Pointe Rouge, ça prend moins de vingt-cinq minutes à moto ou en camion, mais une grosse heure par les transports en commun. Il faut d'abord se taper huit cents mètres à pied jusqu'au métro Joliette, aller jusqu'à la station de la place Castellane, changer pour le 19, qui est un authentique bus marseillais à basses fréquences et horaires aléatoires, descendre à l'arrêt du petit port de plaisance, puis marcher encore cinq cents mètres jusqu'au parking où se tient le vide-grenier. C'est chiant, mais globalement pas très compliqué. Enfin, sauf lorsqu'on est chargé de marchandises comme un bourricot et qu'il faut être sur place à 7 heures du mat alors qu'on s'est endormi tard dans la nuit parce qu'on a eu un gros coup de blues (et que, en conséquence, on s'est enquillé une bouteille entière de mauvais beaujolpif et un pack de bières en plus d'un certain nombre de pétards bien tassés).

Des coups de blues, Rico en a souvent. Des qui le font boire comme un trou, c'est moins fréquent. Il ne sait pas exactement lui-même comment il s'est débrouillé pour réduire sa consommation d'alcool (à une époque, il lui arrivait fréquemment de finir dans le caniveau, du dégueulis plein la tignasse), mais le fait est qu'il ne se met généralement plus aussi minable que par le passé. C'est juste que, la veille, il était à saturation. Doumé qui lui fait faux bond, l'obligeant à se passer de la table et des portants pour son stand et aussi à faire l'impasse sur la vente du vélo d'appartement et d'un ou deux autres gros machins ; un courrier du proprio dans la boîte aux lettres lui annonçant une nouvelle augmentation du loyer (qu'il ne paye plus de toute manière depuis qu'il est convaincu qu'il perdra son procès et sera expulsé dès la fin de la prochaine trêve hivernale mais, dans la joie comme dans la peine, c'est le geste qui compte) ; un autre de la CAF qui lui ordonnait de se connecter à son « espace personnel internet » sous peine de suppression imminente de son RSA (« Mon *espace personnel internet*, la con de ta mère, ah ! ») ; et surtout l'amende qu'il s'est chopé lorsqu'il s'est débrouillé pour se faire repérer par une patrouille de flics municipaux alors qu'il pissait dans un coin sombre juste avant de rentrer chez lui.

Pisser – ou plus exactement se retenir de pisser –, c'est devenu un sacré problème pour Rico depuis quelques mois. Un client shit à qui il en parlait et qui a le même souci lui a dit que ça venait sûrement de la prostate, mais il n'a pas encore pris le temps d'investiguer. D'ailleurs, s'il devait vraiment voir un toubib pour quelque chose, ce serait plutôt pour les dents. Les dents, ça se voit, c'est la vitrine du commerçant. Et on mange avec, en plus. La prostate, en revanche, il ne sait même pas où ça se trouve exactement ni même à quoi ça sert. Il comprend juste que c'est une maladie de vieux débris, pas un tourment de rebelle marlon-brandonnien qui circule en Yamaha Virago avec des franges en cuir…

Parfois, l'envie devient tellement pressante qu'il se fait littéralement dessus en cherchant frénétiquement ses clefs dans sa sacoche devant la porte de l'appart. Là, il s'était trouvé un spot discret dans une impasse aux lampadaires pétés, les flics passaient par là et ils lui ont collé une prune : 135 balles dans la vue pour avoir pissé dans la rue à Marseille ! une ville où c'est pratiquement une tradition folklorique, où *tout le monde* pisse dans la rue, où même les nanas baissent volontiers la culotte entre deux bagnoles en sortant de boîte… Il n'y a vraiment que sur lui que ça tombe ! « 135, euros ? La con de vos morts, où vous voulez que je les trouve, les 135 euros ! J'ai rien ! J'ai pas de ronds ! J'ai pas de chiottes ! Parti comme c'est, bientôt, j'aurai même plus de maison ! » il a gueulé – et ça sonnait plus comme la plainte d'un gros animal blessé que comme un vrai hurlement d'indignation – pendant qu'une petite fliquette blonde lui dressait son PV et que son collègue bodybuildé lui recommandait de se calmer fissa s'il ne voulait pas terminer la nuit en cellule de dégrisement (où les toilettes sont toujours bouchées de toute façon).

Mais bon, il est tout de même là à l'heure, avec ses gros ballots de crève-la-faim, à parlementer avec le placier municipal qui le regarde de travers et lui demande comment il va pouvoir assembler son stand vu que, manifestement, il n'en a pas, mais lui assigne tout de même quatre mètres carrés de parking goudronné à 35 euros TTC où étaler son rideau de douche et disposer ses blousons et ses pompes.

Juste à côté de lui, un grand type chauve vend des vélos d'appartement. « C't enculé de Doumé ! » il marmonne.

*

Mais la matinée se passe bien, contre toute attente. Le chauve aux vélos est cool, raconte des blagues, et lui offre même du café de sa Thermos et des viennoiseries qu'il est allé chercher à la boulangerie de l'autre côté de l'avenue. Il y a du monde, les blousons partent bien, les chaussures un peu moins, et il reprend progressivement du poil de la bête. Il redevient Rico le charmeur suave avec les passantes qui palpent les cuirs, apprécient, commentent, hésitent, et fait l'article en camelot expérimenté.

« Allez mesdames, allez mesdemoiselles ! Ça, c'est de la haute qualité ! Ce spencer-là, vérifiez sur l'étiquette si vous me croyez pas, c'est un Lombardini ! Une des plus grandes marques italiennes ! Vous savez à combien vous le touchez en boutique ? Au moins 450 euros ! Ici c'est à peine 100 !

— Ah il est beau c'est sûr, mais il est pas un peu petit pour moi ?

— Et qué petit ? Juste à la bonne taille ! La taille mannequin... Vous seriez pas mannequin par hasard ? Essayez-le pour voir. Et votre homme, vous le voyez pas avec ce bomber ? Un Figoli ! Je reviens tout juste de Milan avec ce stock...

— Il te plaît chéri, le bomber ?

— ...

— Eh té, bien sûr qu'il lui plaît au chéri ! Allez, essayez, essayez... Essayer ça coûte rien... »

Il a la baraka, il vend, il vend, il vend. Ses blousons, ses trenchs, ses Perfecto *made in* n'importe où avec leur labels improbables qu'il ramasse pratiquement dans les poubelles et ressuscite à l'huile de coude et au vinaigre de ménage. Il empoche les biftons, rend la monnaie avec des grands gestes, lance des vannes et des citations d'Oscar Wilde, chante, rigole, flirte gentiment avec les secrétaires qui se cherchent une tenue pour leur rendez-vous Tinder et les adolescentes en bandes qui claquent le pognon du baby-sitting. Il fait beau. Il fait le beau. Il a 25 ans, il est le Rico *d'avant*, il est Alain Delon dans *Rocco et ses frères*, il est Matt Dillon dans *Rusty James*... À un moment, emporté par son succès, il demande même son 06 en sournois à une petite meuf à gros tétés qui vient de lui prendre un Harrington doublé tartan, un truc de punk chic qu'il a chopé pour quinze euros rue Longue-des-Capucins (« Allez, je vous le laisse à 110, parce que vous êtes trop mignonne avec : on croirait une actrice de cinéma. Tiens, si vous voulez, laissez-moi votre numéro et je vous appelle en priorité si j'en rentre d'autres du même genre... »), mais elle rigole juste bêtement en refermant son portefeuille.

*

À l'abri des regards dans les toilettes du bar-tabac de la Pointe Rouge, Rico compte et recompte son pognon. C'est Byzance. Il n'en revient pas lui-même : huit pièces en tout, sans doute parmi les meilleures de son stock mais il lui en reste pas mal d'aussi belles, c'est 950 balles nets d'impôts, ce qui va sans dire, mais aussi nets de Doumé, ce qui n'est pas plus mal finalement. S'il s'arrange pour rééditer l'exploit la semaine suivante au vide-grenier du boulevard

Chave, c'est la Virago qui va être contente : carbu et pot neufs de chez neuf et même un nouveau commodo droit dans la foulée – le vieux est tout niqué... Au comptoir, il commande un ballon de rouge, jette un coup d'œil à *La Provence* qui fait sa une sur un règlement de compte sanglant du côté des Aygalades, se demande s'il connaît le tué ou le tueur en TMAX volé, vu que c'est tout de même un secteur qu'il fréquente, ricane intérieurement en se disant que si c'est Mourad qui s'est fait exploser le teston, ça lui fera bien les pieds, puis salue jovialement la compagnie et remonte avec ses sacs presque vides dans le 19 qui arrive pile à l'heure parce qu'en fin de compte, c'est vraiment une bonne journée sur toute la ligne.

*

De retour à l'appartement, sa bonne humeur retombe un peu car Ratatouille s'est débrouillé pour engloutir les morceaux de pain sans déclencher les tapettes et a même boulotté une grosse partie du riz dans l'écuelle sans toucher à la mort aux rats. Les petites boules rouges ont soigneusement été séparées du Taureau ailé comme auraient pu l'être des petits pois dans une assiette de cantoche Sodexo par un marmot difficile, et la partie risque d'être plus compliquée que prévu. Mais il n'a pas envie de se prendre la tête pour si peu. Il se roule un petit stickounet, juste ce qu'il faut pour être bien, se réchauffe un reste de pizza aux quatre fromages sur la plaque électrique couverte de graisse calcifiée et décide d'aller faire un tour en ville parce qu'il n'a rien d'autre à faire et que le dimanche après-midi, c'est traditionnellement une période creuse pour le deal téléphonique

– même s'il trimballe toujours dix grammes dans sa petite boîte à shit juste au cas où.

Lorsqu'il n'a rien à faire de spécial, justement, et c'est souvent, Rico arpente les rues de l'hypercentre pour en observer les évolutions en cours et conforter son point de vue sur leur nocivité. Cours Belsunce et Porte d'Aix, par exemple, il trouve qu'il y a trop d'Arabes ; sur le Vieux-Port et dans les rues piétonnes, il trouve plutôt qu'il y a trop de touristes et de bobos. Pour les Arabes, c'est son côté lepéniste relativement assumé, bien qu'il se dise « de gauche » parce qu'il est fils et petit-fils d'ouvriers (et même petit-fils d'immigré si on va par là, puisque ses aïeux étaient des va-nu-pieds débarqués des Pouilles ; mais, à Marseille, il n'est pas nécessaire d'être Gaulois de souche pour penser qu'il y a trop d'Arabes. Ici, même les Arabes pensent qu'il y a trop d'Arabes et votent parfois pour la grosse Marine en scred. C'est l'une des recettes de l'intégration au melting-pot local). En ce qui concerne les touristes et les bobos des rues piétonnes qui lui filent de l'urticaire, c'est plutôt de son côté mélenchonniste, tout aussi assumé, qu'il retourne : il estime qu'ils tuent l'atmosphère populaire, font grimper le prix de la pression en terrasse et celui des loyers avec leurs « trois-fenêtres » à tomettes reconvertis en Airbnb.

Tout ça est assez théorisé. Et il ne faut pas le stimuler beaucoup pour qu'il déroule sa nostalgie d'un Marseille fernandélo-guédiguianesque, avec une pincée de borsalinisme toutefois – ne serait-ce que pour son goût pour la geste mafiosique. Il peut d'ailleurs facilement citer le Michel Onfray de *La Parole au peuple*, voire le Christophe Guilluy de *La France périphérique* ou encore le Houellebecq de *Soumission*, qu'il n'a pas lus à proprement dire mais dont il entend régulièrement débattre à la radio, pour donner de l'épaisseur axiomatique à ses vaticinations.

Dans la « résidence » en déliquescence des quartiers nord où il a grandi, où son père habite toujours, et où les ouvriers italiens, les artisans espagnols et les fonctionnaires pieds-noirs ont été progressivement grand-remplacés par des dealers maghrébins, des squatteurs nigérians, des réfugiés syriens et des salafistes en qamis, il ne se sent plus « chez lui ». « Si on résume, t'es un dealer d'origine immigrée qui gueule parce qu'il y a trop de dealers d'origine immigrée », lui a une fois fait remarquer Emmanuel, un client fidèle de Saint-Victor (mais délocalisé de Paname, à l'instar d'un gros contingent d'habitants de ce secteur pittoresque désormais largement gentrifié) avec lequel il lui arrive de débattre des affaires du monde.

« Ben oui. Et toi alors, ti'es bien un mec qui trouve qu'il y a trop de trafics et de gangs avec des kalachs dans les cités de Marseille mais qui consomme leur shit ! D'où tu crois que ça sort, ce que je te vends ?

— Alors là, je m'en passerais bien figure-toi. Je suis à fond pour la légalisation.

— Oh fatche... Dieu garde !

— Ah bon ? Mais pourquoi ? Tu pourrais vendre légalement. Tu monterais ton petit coffee shop sympa comme à Amsterdam...

— Va fancoule, oh, Parisien que ti'es ! Si on légalise, tout le biz ira aux multinationales du tabac et toutes les taxes à l'État. Y restera pas grand-chose pour les prolos comme moi. Moi, vé, ça me va très bien comme c'est maintenant. Surtout qu'on touche à rien !

— Arf, t'es un prolo, toi, maintenant ? Tu visses des boulons à l'usine ? Tu décharges des camions la nuit chez Amazon ?

— N'importe quoi, ha ! On n'est pas un prolo juste parce qu'on a un métier de prolo. Être prolo, c'est un *habitus*. Ti'as pas lu Bourdieu ?

— ... »

*

Rico s'ennuie et a mal aux orteils dans ses santiags sans chaussettes. Il a déambulé tout l'après-midi, puis toute la soirée, des Réformés au Palais Longchamp, de la gare Saint-Charles au Mucem, de la Préfecture à la Plaine, sans parler à personne, s'arrêtant ici et là pour boire des coups dans des cafés déserts, torpeur dominicale oblige. Descendant la rue Curiol, il a hésité à aller voir une pute, une main plongée dans sa poche caressant la liasse réconfortante de ses gains de la matinée, mais le spectacle de ces matrones aux nichons flétris dans leur décolleté, aux racines grises perçant sous la teinture platine et aux cuisses variqueuses sous leurs bas résille lui en a fait passer l'envie. À l'une d'elles, elle aurait pratiquement pu être sa mère, qui lui lançait un « Oh jeune ! C'est le jour du Seigneur, tu montes pour une petite gâterie divine ? » sans enthousiasme, il n'a même pas répondu, se figurant qu'il était, tout bien considéré, pas si loin d'être une vieille pute lui-même avec son téléphone en veille permanente pour clients exigeants en dépit de leur petit budget. « Et elles au moins, elles baisent... », il a rigolé intérieurement.

Car lui, pas. La dernière fois, ça remonte déjà à loin. C'était avec une pute justement, mais une jeune. Une de ces blondes de l'Est aux yeux tristes qui font le trottoir sur le Jarret du côté de la mairie du 5e histoire d'aider leurs proxos albanais à grimper en gamme chez Mercedes. Parfois, ces mecs, on les voit garés warnings clignotants juste à côté des tapins, fumant une clope la portière grande ouverte et les pieds en appui sur la barrière du boulodrome, l'autoradio hululant des polyphonies balkaniques. Avec la meuf, ils étaient allés dans une ruelle où il l'avait prise par derrière contre un mur pour vingt-cinq balles – et elle aurait pu être sa fille celle-là, il s'était dit.

Depuis quelque temps, Rico ne se branle même plus. Il commence parfois, la nuit sur son matelas, mais laisse tomber au bout de cinq minutes, la bite molle et moite. Il n'a pas si envie que ça de baiser en fait; ce qu'il voudrait, c'est *faire l'amour*. Etre avec quelqu'un *pour de vrai*. Être dans une vraie relation avec de la tendresse. Comme lorsqu'il était avec Bogdana, son grand amour bulgare d'il y a une éternité. Son seul amour. Il ne voit pas trop comment il pourrait rencontrer quelqu'un, d'ailleurs. Aujourd'hui, les rencontres, c'est comme la CAF, c'est sur internet que ça se passe. Là aussi il faut avoir son « espace personnel », ses « identifiants », ses « codes d'accès »... Et puis, il ne se fait pas beaucoup d'illusions : il l'emmènerait où, la meuf qu'il rencontrerait sur internet, s'il avait un ordinateur ? Chez lui ? Arf! Elle se sauverait en courant et on ne pourrait pas lui en vouloir. Le rat se marrerait bien, tiens...

Dans le haut de la rue Guy-Môquet, Rico entre dans un petit bar glauque, un des seuls encore ouverts à cette heure avancée. Il s'installe à une table, commande un ballon de côtes-du-Rhône. Il n'y a pratiquement dégun, juste deux types qui ont l'air de légionnaires en permission et s'affrontent au 421 sur le zinc, des shots de bourbon comme carburant. Et une nana seule, la quarantaine bien tassée, un loO.K. de lesbienne butch, pas très jolie, limite obèse, cheveux ultra-courts, jean délavé et veste en daim, qui sirote une Heineken deux tables plus loin. Il a envie de parler et lui lance à tout hasard : « Ma parole, Marseille *by night* le *Sunday*, on risque pas de confondre avec Las Vegas du point de vue de l'animation ! » Elle rigole au lieu de l'ignorer ou même de l'envoyer chier et ça l'encourage. Il teste une ou deux autres blagues à peine moins nazes, elle rigole encore, vaguement bourrée. Il se lève avec son verre à la main, s'approche, désigne la chaise en face d'elle avec un grand sourire – enfin avec le plus grand sourire qu'il puisse se permettre sans trop exposer ses gencives désaffectées, mais il s'est pas mal entraîné devant la glace et maîtrise l'artifice – comme pour demander si la place est libre et elle hausse les épaules en prenant l'air de celle qui n'en a strictement rien à foutre alors il s'assied.

Ils discutent. Elle n'est pas lesbienne du tout, il découvre. Elle est mariée, même. Enfin, son cher et tendre s'est barré trois semaines plus tôt avec la voisine du dessous. Elle n'a plus de nouvelles.

« Alors je bois mon chagrin la nuit dans les bars, quoi...

— Oh purée, désolé...

— Nan, je rigole, c'était qu'un gros enculé de fils de pute de merde. Bon débarras.

— Ah, santé alors, du coup ! » il dit en levant son verre et elle approuve :

— Oui, c'est ça, santé ! » en levant le sien.

Ils continuent de bavarder comme ça une bonne heure, reboivent des coups, jusqu'à ce que les permissionnaires du comptoir abandonnent leurs tabourets pour rentrer à la caserne, et que le barman leur annonce qu'il va devoir baisser le rideau. « C'est moi qui régale », propose Rico et la nana ne l'en empêche pas, flattée par cette démonstration de galanterie. C'est si rare de nos jours. Sur le trottoir, elle a sa voiture juste devant le troquet, une vieille Safrane grise aux portières dépareillées. Ils plaisantent encore un peu, mais il fait frisquet et elle lui dit « bon ben, c'est pas tout ça, je vais peut-être devoir y aller. Je sais pas pour toi mais, moi, je taffe demain... ». Puis elle se reprend : « Ti'habites où, toi ? Moi je vais dans le 3e vers la Friche. Tu veux que je te dépose si ça m'écarte pas trop de mon chemin ?

— Du côté de la Joliette. Enfin, un peu après les Docks, pas très loin de l'Hôpital européen...

— O.K., en voiture alors ! Ça me fait un petit détour mais bon, c'est pas non plus jusqu'à Las Vegas, hein...

— Ha ha ha ! Super, merci. Je te cache pas que ça m'arrange. Je suis resté debout toute la journée, j'ai les panards en compote. »

Arrivés devant chez Rico, elle coupe le contact, il s'apprête à dire au revoir, c'était bien sympa, merci, mais elle l'embrasse soudain et lui plaque carrément une main sur l'entrejambe. Il n'en revient pas, lui rend son baiser, lui caresse les seins à travers les pans de sa veste. Elle lui dégrafe son jean pendant qu'ils continuent de s'embrasser, en extrait son sexe, se baisse et commence à le sucer mais il ne bande pas. Elle s'escrime quelques instants, il reste tout flasque. Elle se redresse et rigole sans méchanceté, lui aussi, et elle lâche, « bon beeen...

— Comme tu dis...

— Je vais y aller, hein...

— Oui, oui, moi aussi... Désolé...

— Ça arrive. Allez, ciao !

— O.K., ciao. »

Il sort de la voiture et elle démarre en trombe, grillant le feu. Lui remarque qu'il a toujours la braguette ouverte, en profite pour pisser un coup contre le mur après avoir vérifié que ses copains flics de l'autre fois n'étaient pas dans les parages et rentre chez lui. Il est tard, le rat doit commencer à s'inquiéter.

V

Au téléphone, l'avocat ne se montre pas particulièrement chaleureux et on sent que l'affaire Rico commence à lui courir sérieusement sur le haricot (au moins autant que le Rico de l'affaire, d'ailleurs). C'est la première fois en trois semaines qu'il rappelle son client, en dépit des multiples messages-bouteilles à la mer empilés dans sa boîte vocale (« Bon, on en est où alors, Maître ? On a des chances ? Je vous ai bien tout expliqué pour l'amiante et le chauffe-eau ? »), et il n'y va pas par quatre chemins : « Écoutez, monsieur Donadini, je comprends que vous soyez préoccupé mais je ne peux que vous répéter la même chose que la dernière fois. Il faut arrêter de m'appeler tous les jours comme ça... C'est un dossier avec du pour et du contre. On a fait tout ce qu'on pouvait faire. C'est entre les mains du juge maintenant...

— Oui, oui je comprends, Maître, mais à l'audience, vous pourriez tout de même en remettre une couche sur l'amiante. Vé, il m'en tombe des fibres sur la figure tous les matins dans la cuisine... Et puis pour le chauffe-eau... Ah, et j'ai même un rat, maintenant ! *Un rat*, Maître, vous vous rendez compte ?!

— L'audience ? Mais il n'y en aura pas monsieur Donadini, je ne vous l'ai pas déjà dit plusieurs fois ?

— Oh, comment ça y en aura pas ?!

— Mais non, la justice est débordée, ils n'entendent plus les parties pour des petits dossiers immobiliers comme le vôtre depuis longtemps. C'est juste un juge et ses assesseurs dans leur bureau qui statuent sur pièces...

— Aaah, boooon, d'accoooord, j'avais pas compris ça, moi... Et c'est bien pour nous, que ça se passe comme ça, sans les plaidoiries des avocats ?

— Ça n'est ni bien ni pas bien. C'est juste comme ça. C'est plus la peine de me téléphoner, là, monsieur Donadini. J'ai rendu mes conclusions. J'ai fait mon travail. Dès qu'il y a du nouveau, je vous dis quoi de toute façon... En attendant, ne faites pas de vagues et restez surtout bien à jour du loyer car il faut montrer de la bonne volonté...

— Ça sert à quoi, de montrer de la bonne volonté si le dossier est déjà rendu et qu'on doit juste attendre ?

— Ça sert à montrer que vous êtes un locataire honnête qui paye ce qu'il doit payer... »

Rico ne relève pas. Là, il en est déjà à trois mois de retard de toute manière et ne voit pas l'intérêt d'en informer ce merdeux en costard-cravate qui lui donne des leçons de vie sur son ton de pédagogue agacé. S'il perd, vu le pognon que lui réclame le proprio – qui n'est pas exactement un proprio à l'ancienne avec lequel on pourrait peut-être négocier, mais une grosse société foncière qui vient de racheter tout le pâté de maisons à une autre grosse société foncière, laquelle l'avait d'ailleurs racheté à une troisième encore plus grosse –, ça fera juste une ligne de plus sur l'addition. Dans le même appart depuis près de vingt-cinq ans, il est le caillou dans la chaussure de cette cascade d'investisseurs qu'il empêche de parachever leur grand œuvre transformateur : autrefois peuplé de mémères à chien-chien en loyer de 48 et de chibanis à petit bonnet de laine, le vieil immeuble haussmannien a été totalement reconfiguré cinq ans plus tôt en cages à lapins standardisées pour cadres intermédiaires avec clim réversible et volets roulants automatiques. Il y a même un ascenseur qui annonce les étages d'une voix d'hôtesse de l'air et un interphone vidéo. Enfin, sauf chez Rico, qui a juste une sonnette, dont le deux-pièces est resté dans son jus et dont la porte d'entrée en bois brut raccommodée au mastic tranche avec celles de ses voisins, lisses et bleues comme des portes de chambres d'hôtel.

Vingt-trois mille euros et des brouettes (hors frais de procédure), qu'elle lui réclame, la foncière, en plus de son expulsion ! Oh, jusqu'à ces derniers temps, il le payait, le loyer, rubis sur l'ongle, même, mais au tarif d'avant les hausses concomitantes du standing et du prix au mètre carré, arguant qu'on ne demande pas 850 balles par mois à un locataire qu'on laisse croupir dans un logement délabré, toxique et à chauffage et eau chaude intermittents. Mais l'avocat adverse dit que ce n'est même pas le prix moyen pour le quartier, ancienneté dans les lieux prise en compte, que la foncière lui fait pratiquement une fleur et surtout, que Rico est une nuisance pour tout l'immeuble ; qu'il n'habite pas les lieux en « bon père de famille » comme son bail l'exige pourtant, qu'il a fait un taudis de son bel appartement stylé, qu'il se sert du palier comme d'un dépotoir à encombrants et qu'il n'a jamais laissé le moindre ouvrier intervenir chez lui de toute façon.

Comme le dit le merdeux en costard-cravate, c'est effectivement un « dossier avec du pour et du contre ».

*

Rico, lorsqu'il se projette dans un futur de SDF, et ça va bien au-delà de la simple hypothèse désormais, fantasme souvent sur un combi Volkswagen de hippy californien dans lequel il pourrait habiter, vadrouiller et même livrer son shit en pantoufles. Ou encore sur une caravane Airstream toute en chromes, qui ne serait alors que stationnaire, c'est sûr, mais plus rock'n'roll visuellement et n'exigerait pas qu'il apprenne enfin à conduire. S'il se faisait vraiment jeter dehors, son père lui ouvrirait évidemment sa porte, mais la cohabitation serait délicate et les clashes générationnels et chronobiologiques ne tarderaient pas à venir. Être sans maison pour de bon, il a déjà donné. Les petits hôtels borgnes du boulevard d'Athènes ou du boulevard Nédelec qu'on paye à la semaine, il les a fréquentés à l'occasion, mais c'était à une autre époque, une époque où il avait à la fois plus la pêche et moins de stocks. Il était davantage dans l'aventure urbaine que dans la cloche *stricto sensu*.

« Tu pourrais pas avoir un HLM ? lui demandait justement Emmanuel, son client bobo parigot de référence, un jour qu'il s'épanchait post-transaction, perché sur un muret de la rue Neuve-Sainte-Catherine : T'as fait une demande, au moins ?

— Ah ouais, genre j'ai que ça à foutre, de faire des demandes ! Pour quoi faire ? Ils n'en donnent qu'aux Arabes et aux Africains, des HLM...

— Tu délires ou quoi ? Comment tu peux dire des conneries pareilles ?

— Je le dis parce que c'est vrai. J'ai fait le tour de la question. Je pourrais à la limite, si j'ai beaucoup de cul, décrocher un petit studio de 18 mètres carrés au fin fond du 16e dans une barre pourrie caffie de paraboles, mais j'en veux pas. J'ai pas envie d'être boulégué dans la zone à dix mille kilomètres du centre. Je sais trop comment ça se passe dans les quartiers. J'en viens !

— Ben les Arabes et les Africains, c'est là qu'on les mets eux aussi, comme tu le dis justement. Ça doit pas leur plaire beaucoup plus qu'à toi. Ils sont certainement pas tous délinquants ou dealers. Et d'ailleurs, si tu permets, je te rappelle que c'est toi le délinquant ! »

Parfois, leurs échanges prennent la même tournure que le dialogue entre le semi-clodo « raciste » et le bourgeois progressiste de *La Crise*, le film de Coline Serreau, qu'ils connaissent l'un comme l'autre et l'ironie de la réminiscence ne leur échappe pas : Patrick Timsit qui explique que les étrangers, O.K., il n'a rien contre eux en soi mais que c'est toujours aux mêmes qu'on demande de se pousser pour leur faire de la place ; l'électeur socialiste des beaux quartiers qui pousse les hauts cris et s'indigne qu'un pauvre authentique puisse s'exprimer comme une Marine Le Pen en meeting de campagne présidentielle au parc Chanot :

« Ho hé, c'est bon, je suis pas un débile ! Je le sais bien, pourquoi des gens quittent leur pays de misère et de bordel pour venir là où c'est mieux, développe Rico. On ferait tous pareil et moi le premier. Mais je vois juste qu'avec les mecs comme toi, c'est tout le temps les pauvres migrants par-ci, les pauvres migrants par-là, le racisme, l'islamophobie... Moi aussi je suis dans la merde et j'ai personne pour m'aider !

— Comment ça, t'as personne pour t'aider ? Ils n'ont pas plus que toi...

— Ben si, figure-toi, ils ont plus. Beaucoup plus. Un mec débarque à peine d'un bateau, tout de suite y a quatorze mille assoces qui s'occupent de lui, qui lui remplissent les papiers, qui lui font toutes les démarches sur internet, qui lui trouvent des plans d'allocs ou de boulots au black... Même aux islamistes, ils te leur trouvent des plans, maintenant ! Écoute un peu les infos, ah ! Mais moi non plus, je sais pas m'en servir, d'internet. Je sais pas comment tous ces trucs modernes marchent, putain ! Je suis pas moins largué qu'eux avec leurs smartphones, qu'on sait même pas comment ils font pour se les payer ! Quand j'écoute les reportages sur France Culture, Les pieds sur terre ou LSD, toutes les émissions « sociales » dans ce genre, on n'en parle pas beaucoup, des galériens comme moi...

— Ah, là, je sais pas trop...

— Eh non, tu sais pas. Tu sais rien du tout. Tu sais pas ce que c'est la misère... Tu crois que tu sais parce que tu lis *Libé* et les *Inrocks* mais tu sais pas...

— Hé ho, ça va, c'est bon. J'habite pas sur la planète Mars non plus...

— Mais si, ti'habites sur la planète Mars, exactement ! Vé, on pourrait pas mieux dire. Moi j'habite la planète Marseille et c'est pas dans la même galaxie, tu peux me croire sur parole ! Ti'habites le 7e dans un bel appart de rupin avec une cheminée et une terrasse qui donne pile sur le Frioul, tu vas au resto, au théâtre, au cinéma, tu fais des grands voyages autour du monde, tu prends des taxis, tu te commandes des sushis chez Deliveroo quand ti'as la flemme de cuisiner, tu vas à des soirées chez des gens comme toi qui vont aussi au resto et font aussi des grands voyages autour du monde. Ti'as des fiancées en pagaille, tu baises... Vé, tu sais pas de quoi tu parles ! Ti'es hors-sol ! »

Et là, il se lève de son muret et se met à scander façon Akhenaton d'IAM en se balançant d'un pied sur l'autre :

« *On vient de M.A.R.S.*
Ce n'est pas une farce
IAM live de la planète Mars....
Eille, soleil, devient un violent poison
Pour ceux qui nous enferment derrière une cloison
Une cité à part, plongée dans le noir
De la délinquance des rues quand vient le soir... »

Et Emmanuel, le client bobo parigot de référence, se marre. Et Rico le dealer-chiffonnier-voleur-poète est content parce qu'il aime bien faire marrer les gens, même avec ses malheurs et son amertume.

*

La grande antienne de Rico, c'est que c'était mieux avant. Quand il y avait des petits bars pas chers avec des flippers, des juke-box et des baby-foot, des kermesses populaires en plein air, des loisirs gratuits pour les gens modestes. De la communication *authentique*. Au moment des gilets jaunes, il s'était intéressé au mouvement, était allé voir ce qui se passait sur le Vieux-Port et sur la Canebière lorsqu'ils venaient tout fracasser chaque samedi, mais il était trop en décalage pour s'investir dans un truc pareil qu'il préférait suivre à la radio. Une révolte de mecs insérés ou rêvant de l'être encore plus, finalement, qui demandent juste moins de taxes sur le diesel, moins d'impôt foncier, plus de boulot et plus de subventions pour remplacer leur chaudière au fioul ou installer des fenêtres à double vitrage. Pas un mouvement de rebelles pur porc.

Un vrai boulot, après tout, il aurait pu en décrocher un cinquante fois. Il aurait pu continuer de bosser avec son père, par exemple. Il serait peut-être devenu un petit artisan pépère avec des employés. Il aurait même pu « entrer à la ville », Graal d'un Marseillais sur deux parce que ça n'est pas très exigeant et que ça laisse du temps bien que ce soit mal payé (mais on peut faire des gâches à côté, voire *pendant*). On le lui avait proposé une fois, il y a longtemps. Il avait bien rigolé en déclinant. Mais il serait peut-être un type « normal » aujourd'hui, avec une femme, des minots et un clébard. Une C3 Picasso, une petite maison avec un bout de jardin à la Penne-sur-Huveaune ou dans le « bon » 13e, une télé géante à écran plat pour regarder perdre l'OM… Il ne s'angoisserait pas sur son expulsion probable, mais il ne se ferait pas moins chier au final. Lucide paradoxal, il est nostalgique d'un passé dont il n'aurait jamais voulu.

Corollairement, il aurait tout aussi bien pu réussir dans la marge, devenir un grand voleur, un grand dealer, un grand braqueur, un grand n'importe quoi… Peut-être même, côté légal, un grand crooner, un grand comédien ou un grand poète, mais là, il aurait fallu bosser et se donner un peu de mal. Ou juste avoir plus de chance, il y a tellement de branleurs qui réussissent après tout. Son « c'était mieux avant » chronique, il sait parfaitement que c'est surtout un « c'était mieux avant quand j'étais jeune, beau, cool et insouciant. Quand j'avais pas besoin de me retenir de pisser dans mon slibard pour éviter la prune. Quand je pouvais sauter sur ma moto pour partir en vadrouille sans rendre de compte à personne. Quand les nanas – cagoles du Panier, minettes friquées de la place Delibes, Parisiennes en goguette ou touristes italiennes – se bousculaient au portillon pour se faire châler et s'agripper à mon blouson dans les virages ».

Un « c'était mieux avant » où se louper sur un truc, foirer une affaire, c'était juste une péripétie sans conséquences, pas une nouvelle étape dans une longue carrière de perdant.

*

Parlant de nouvelle étape, et en ce qui concerne le cas Ratatouille, Rico a temporairement décidé de baisser les bras. Les tapettes à la mie de pain, la mort aux rats, voire les petits appareils émetteurs d'ultrasons recommandés par le vendeur de Brico Plus qu'il est retourné consulter en désespoir de cause ne donnant décidément aucun résultat, il s'est dit qu'il ne servait à rien de continuer à se prendre la tête et qu'il valait mieux se concentrer sur des problèmes plus urgents. De fait, le rongeur sait se faire discret et c'est tout juste si son coloc obligé en aperçoit onduler la queue à l'occasion, généralement lorsqu'il farfouille dans sa montagne de fringues et que le rat est dérangé dans ses activités de bestiole semi-domestique. Mais ce n'est que partie remise. C'est juste une pause. Il ne sait pas encore comment mais il finira bien par le choper.

Parfois, il lui parle. Il écoute une émission ou une chronique à la radio, par exemple, a envie de réagir, et trouve que c'est presque plus sain de s'adresser à un rat (puisque c'est un animal si intelligent) qu'à un mur. L'autre dimanche, dans Signes des temps, Marc Weitzmann avait invité un politologue américain pour parler du trumpisme comme « symptôme d'un raidissement identitaire de classes populaires déboussolées face à la mondialisation » ; le gars était parti dans un parallèle avec les gilets jaunes, les indépendantistes catalans et le Brexit, mais Rico pensait que le raisonnement du mec était un peu attrape-tout et qu'il manquait de contexte, même s'il y avait effectivement des parentés. Il s'en était immédiatement ouvert auprès du rat qu'il venait justement d'entendre gratter dans le salon, lequel ne l'avait pas contredit et avait continué de gratter au même rythme, ce que Rico avait interprété comme une forme d'approbation tacite. Mais il avait dû en rester là de ce débat parce qu'un client l'avait appelé pour une urgence à cent euros du côté de Bonneveine et qu'il avait dû abandonner l'émission pour aller chercher sa moto sur la petite esplanade de l'Évêché (où il la gare au milieu des Kawa et des Royal Enfield des flics afin de lui éviter d'être embarquée par un malfrat – les gens sont si malhonnêtes de nos jours et il faut bien que les condés servent à quelque chose).

Ça ne l'avait d'ailleurs pas dérangé plus que ça : la Virago, avec son nouveau carburateur et son pot flambant neuf, étant tout de même de meilleure compagnie qu'un rat, même en pleine symbiose intellectuelle. En plus, il faisait grand beau et il pousserait bien jusqu'aux Goudes, et peut-être jusqu'à Callelongue, pourquoi pas, histoire de voir un peu la mer d'autre part que du Vieux-Port.

VI

Dans les allées congestionnées du Carrefour Grand Littoral, Donadini père et fils empilent des trucs dans un Caddie. Le plus souvent, et depuis que le premier a été privé de bagnole par son cardiologue, son phlébologue, son rhumatologue et son neurologue réunis en conclave, c'est au second qu'il revient d'aller lui faire les « grandes courses » (bien qu'il se débrouille encore en solo pour les emplettes du quotidien à la supérette du coin, devenue halal, et où, à son grand dam, il n'y a plus ni pinard ni jambon, et refuse catégoriquement de se faire livrer par orgueil mal placé). Mais c'est qu'aujourd'hui, c'est différent : comme chaque fois que le vieux carreleur est invité par ses cousins de Brindisi à venir se mettre au vert quelques semaines au pays de ses ancêtres, il tient à s'occuper de sa propre sélection. Vins de Bordeaux, fromages de Bourgogne, foie gras du Périgord, piments du pays Basque, figatelli d'Ajaccio et poutargue de Marseille, tout est bon pour leur en mettre plein la vue et les papilles au motif que la gastronomie italienne, c'est pas mal, *certo*, mais que le « vrai » pays de la bouffe, ça reste la France. Du moins, c'est le discours qu'il développe à l'aller vu qu'au retour, ses valoches bourrées de victuailles transalpines, il prétend exactement le contraire.

« Oh papa, c'est bon ? On a fini de faire le plein pour tes pouilleux ? J'ai rencart au Pôle emploi dans moins d'une heure », s'impatiente Rico en tapotant le cadran de sa Yema de plongée d'un index impatient.

— Les habitants des Pouilles c'est des Apuliens, pas des pouilleux, demeuré que ti'es...

— Eh je le sais, papa, c'est juste pour rigoler, tu le sais bien !

— Ça me nifle quand même, c'est pas respectueux... Et tu vas y faire quoi, au Pôle emploi ? Ça doit faire au moins quarante ans que je t'entends dire que ti'as rendez-vous au Pôle emploi...

— Rien de spécial. C'est pas le Pôle emploi en fait, c'est le bureau du RSA qui me casse un peu les couilles parce que j'ai encore pas fait je sais plus quoi que je devais faire avant je sais plus quand... Mais je gère.

— *Porca miseria* ! Trouve-toi du boulot, vaï !

— Ouais, c'est sûrement le conseil qu'ils vont me donner quand j'y serai. Fais pas le leur, de travail, va, papa. Te fatigue pas, c'est pas bon pour ce que ti'as...

— Tu me mènes quand même à l'avion demain ?

— Eh, bien sûr que je te mène ! Quand est-ce que je t'ai pas mené ?

— La fois dernière. Et encore celle d'avant...

— Oh papa, vé, fais pas ton rancunier... Je te paye le taxi, même, tiens...

— *Qué taxi* ?! On ira en car comme tout le monde. C'est au RSA qu'ils t'apprennent à jeter l'argent par les fenêtres ?

— T'inquiète. J'ai des sous en ce moment et c'est pas eux qui me les donnent. Les marchés, ça envoie. Je vends bien...

— Les marchés ou tes petits trafics ? Tu crois que je les connais pas, toutes les conneries que tu fais ? Ça parle dans le quartier. Un de ces quatre matins tu vas te mettre dans une vraie grosse embrouille sérieuse et ça va mal se terminer, je te préviens !

— Ouais, ouais... Ça aussi, ça fait quarante ans que tu me le rabâches. Ça s'est pas encore produit...

Mais Donadini père hausse les épaules et tapote brièvement le manche en bois d'un balai du rayon ménage/entretien qu'ils sont en train de traverser : « Tente pas le sort, oh, fada que ti'es ! »

*

Rico gare sa Virago à la marseillaise sur l'étroit trottoir afin d'attacher sa chaîne à la grille d'un soupirail d'immeuble, décochant un grand sourire d'encouragement à la vieille dame à béquilles qu'il force à descendre sur la chaussée au milieu du trafic – et qui le lui retourne d'ailleurs parce qu'elle est sensible à l'attention. Il est pile à l'heure pour son rendez-vous avec sa « référente », laquelle l'invite immédiatement à entrer dans son bureau lorsqu'il passe la porte de la petite structure en délégation de service public chargée des profils particuliers dans son genre : les seniors sans qualification n'ayant plus travaillé depuis des années, voire pratiquement jamais dans ce cas précis.

C'est une quinquagénaire à l'air revêche mais pleine d'empathie malgré tout, qui irait bien elle-même œuvrer dans un secteur moins déprimant s'il y avait du boulot pour une femme de son âge sans réelles compétences, mais elle est bien placée pour savoir qu'il n'y en pas.

« Alors monsieur Donadini, on a encore oublié d'actualiser ses données trimestrielles ? C'est pas bien, ça ! Heureusement que je vous ai à nouveau rattrapé par la culotte ! Comment vous feriez, si j'étais pas là, hein ? elle fait semblant de le gronder, joviale.

— Eh, c'est que c'est compliqué. J'ai pas internet, vous le savez bien. Et à la CAF, y a toujours au moins douze heures de queue si on veut aller le faire en personne...

— Hum... Il suffit de renvoyer le formulaire par le courrier normal. La poste, c'est pas fait pour les chiens ! »

Rico baisse les yeux comme un garçonnet pris en faute et s'excuse platement, mais elle l'a à la bonne depuis le temps qu'ils se fréquentent et lui demande seulement de faire gaffe le prochain trimestre s'il ne veut pas perdre ses 565,34 euros de RSA, puis ouvre le dossier Donadini sur son gros PC à écran cathodique pour la série de questions d'usage : Avez-vous cherché du travail ? Avez-vous entamé une formation ? Dans le cas contraire seriez-vous intéressé par une remise à niveau professionnelle (elle mentionne plusieurs opportunités de stages sur des « métiers en tension » qui viennent tout juste de tomber et pourraient lui convenir d'après l'algorithme : développeur informatique PHP/Fullstack, community manager, commis de cuisine poissons-coquillages, maraîcher en permaculture urbaine, réceptionniste trilingue anglais-allemand, livreur-installateur-réparateur de pompes à chaleur, téléacteur...) ? Il répond oui à la première question, non à toutes les autres, elle coche les cases au fur et à mesure avec sa souris, et ils se bidonnent de bon cœur.

Ils bavardent encore un peu de tout et de rien avant qu'elle ne le raccompagne à la porte, car l'entretien doit impérativement durer trente minutes selon son protocole et c'est une femme respectueuse des procédures.

*

À l'aéroport – où il a tout de même déposé son paternel en taxi contre son gré parce que merde, avec trois tonnes de bagages, on n'allait pas se taper le bus et le métro jusqu'à la gare Saint-Charles avant d'embarquer dans une navette autoroutière toujours bondée –, Rico louche sur les destinations exotiques du panneau des départs (Malaga, Alicante, Barcelone, New York, Reykjavík, Dublin, Athènes, Milan...) et se dit qu'il partirait bien en vacances lui aussi. À quoi ça rime, après tout, d'avoir un peu de fraîche d'avance si c'est pour ne rien en faire de spécial ? La dernière fois qu'il est sorti de Marseille, ça fait déjà un sacré bail et c'était juste pour se taper une brocante à Roquefort-la-Bédoule avec Doumé. Tu parles d'un dépaysement...

Prendre un avion, partir loin, ne lui vient même pas à l'idée, mais il a un vague projet depuis un petit moment, suite à un reportage d'Interceptions sur France Inter décrivant le Cap-d'Agde comme une espèce de gigantesque lupanar à ciel ouvert où tout le monde baise à tire-larigot avec absolument n'importe qui et absolument n'importe où – sur la plage, dans les dunes, dans les bars, dans les boîtes –, et où des divorcées naturistes suédoises friandes de Méditerranéens poilus viennent faire des cures d'UV et d'ocytocine dès l'ouverture de la saison. C'est sûr, ça lui ferait du bien, un petit break coquin dans ce genre. Et pas besoin de monter dans un Boeing : le Cap-d'Agde, c'est tout près, dans les deux cents kilomètres grand max, une moto suffit amplement. D'autant plus que Radio France est de nouveau en grève et que ça le fout en rogne, ces sevrages imposés de son université en modulation de fréquence ; lorsque ses émissions favorites sont remplacées par de la musique au kilomètre en raison d'un obscur « arrêt de travail d'une certaine catégorie de personnel ».

Entre ça et le rat qui prend de plus en plus ses aises (il l'a carrément surpris grignotant un mocassin à glands de récup au pied de son lit l'autre jour, alors qu'il semblait qu'une sorte de paix des braves officieuse avait été conclue entre les parties, le rongeur se cantonnant au salon et à la cuisine, Rico mettant la pédale douce sur les tapettes et la mort au rats), s'éloigner de l'appart quelques jours ne serait pas du luxe. « Allez, banco, c'est réglé. À moi les plages de culs-nus ! À moi les MILF scandinaves et nymphomanes ! »

*

Rico s'est arrêté pour faire boire la Virago dans un relais Total de l'A9, quelques dizaines de kilomètres à l'ouest de Nîmes. Il a pris la route dans l'impro, presque immédiatement après l'aéroport – dont il était toutefois parcimonieusement revenu en autocar. Rasé de près, catogan ajusté au millimètre, un T-shirt blanc immaculé sous son Perfecto, il se mêle à la foule des touristes en shorts et en tongs s'interpellant en dix-huit langues dans la boutique de la station-service, et achète un sandwich jambon-fromage et une canette de Heineken. En verve, il entreprend même d'expliquer au caissier que pour être tout à fait correct, on ne devrait pas appeler une boîte en métal « canette » et qu'une *vraie* canette est une petite bouteille en verre, même s'il s'agit d'une confusion de plus en plus fréquente, mais le type n'est pas intéressé par son orthodoxie terminologique et lui suggère abruptement de se mettre sur le côté car il y a du monde qui attend.

Assis sur un banc près de l'aire de jeu, il regarde les enfants se bousculant sur les balançoires en mastiquant précautionneusement son sandwich, chassant de l'ongle du pouce les petits morceaux de jambon venus se coincer dans les emplacements laissés vacants par une paire d'incisives et autant de prémolaires et savoure la normalité de la situation : juste un motard sur la route des vacances qui profite du soleil après avoir rempli son réservoir. Un mec comme tout le monde, quoi... Quelques mètres plus loin, un trio de cadres supérieurs déguisés en Hells Angels (deux Harley Road Glide à 40 000 euros hors options, une LiveWire électrique à 35 000 balles minimum ; une Harley Davidson électrique, oh fan de chichourle, on aura tout vu !) s'installe pour pique-niquer sur un carré de gazon et Rico les toise, simultanément envieux et méprisant. « Ces bouffons-là, té, même comme figurants, on te les voulait pas dans *Easy Rider* », il se dit. Si le monde tournait rond, lui serait sur une Harley vintage avec une bimbo en mini jupe au bout de la selle et eux dans des monospaces avec bobonne sur le siège passager en plus d'une tripotée de minots qui demanderaient « Papa, quand est-ce qu'on arrive ? » depuis la banquette arrière pour la cent-cinquantième fois. Ce serait à eux de le regarder avec envie (et sûrement pas avec mépris). Mais il chasse vite ces mauvaises pensées parce que ce n'est pas l'état d'esprit dans lequel il a envie d'être – au contraire. C'est les vacances.

C'est d'ailleurs ce qu'il a expliqué à une Virginie en manque qui insistait pour qu'il la retrouve avant son départ près du rond-point du Prado pour ses vingt balles habituels, et à laquelle il a placidement répondu : « Non, non, désolé Virginie, aujourd'hui ça sera pas possible. Ça aurait été avec plaisir, mais figure-toi que je me casse en vacances au Cap-d'Agde à moto » (et il a ajouté, ça lui est venu comme ça, « avec quelques collègues »). Elle a juste grommelé « Ah merde, putain, fais chier, tu peux vraiment pas… » d'un ton agacé et a raccroché sans lui souhaiter bon voyage. La minute suivante, il trouvait un billet de dix euros scotché à une plaque d'égout par un reste de déjection canine et l'interprétait comme un signe, un clin d'œil céleste, le Tout-Puissant lui allouant tout de même sa commission et lui souhaitant *buon viaggio* à la place de la connasse. Faisant claquer la poignée d'embrayage, il s'était mis à chanter en prenant la voix de Serge Gainsbourg : « Dieu est un fumeur de ganja-euh, je vois ses volutes bleues… »

*

Mais le Cap-d'Agde se révèle décevant. Lorsqu'il se gare près d'un banal petit port de plaisance et examine l'enfilade de gargotes et de boutiques de souvenirs du front de mer, pas plus évocatrices de stupre débridé que leurs équivalents de La Ciotat ou de Carry-le-Rouet, il se demande si la réputation du patelin n'est pas un tantinet usurpée et les reporters de France Inter un chouïa dans l'hyperbole.

« Ha ha ha ! C'est pas du tout par ici que ça se passe, tous ces trucs », lui explique le punk à chien à l'accent parigot qui vient de lui taxer une clope et auquel il a demandé où ça baisait à demi-mots, histoire de ne pas passer pour un mort de faim.

— Mec, ici on est dans le secteur familial du patelin. C'est juste *Agde*, pas le *Cap*-d'Agde ! Il faut plutôt aller du côté des camps de naturistes. C'est là où sont les boîtes, les bars, tout ça... Au Bagnas, vers la baie des Cochons, quoi...

— *La baie des Cochons* ?! Comme à Cuba ?

— ... »

Rico, qui n'a jamais besoin d'être stimulé longtemps pour étaler sa science, se lance dans l'histoire du débarquement foireux des exilés cubains en 1961, la crise des missiles, la CIA, Castro, Kennedy, mentionne même *American tabloïd* de James Ellroy, et le gars a l'air intéressé cinq minutes puis le coupe dans sa recontextualisation générale (« la Guerre froide, la mafia... ») et dit : « Non non, c'est pas ce genre d'endroit du tout, alors ! Ici c'est des *vrais* cochons. Enfin, pas des *vrais vrais* non plus, mais tu vois bien ce que je veux dire, hé hé hé !

— Ah ! O.K. Je vois. C'est où, alors, ta baie des Cochons ? C'est loin ?

— Non, non, c'est pas très loin. Mais attention, les villages naturistes, tu rentres pas comme ça, c'est pas open bar ! C'est tout des machins privés super barricadés et super fliqués. Et c'est pas donné d'ailleurs, je pense... Après, bien sûr, y a aussi des gens qui baisent directement sur la plage si c'est plus ton style. »

Mais Rico n'a pas spécialement envie d'évoquer son style de baise avec le clodo cynophile car c'est assez personnel, enregistre les indications d'itinéraires, lui offre deux autres Marlboro pour sa peine et reprend la moto en direction du Disneyland libertin.

*

Aux abords de la fameuse plage, Rico tombe le Perfecto et les tiags, qu'il enfourne dans sa sacoche de selle, et entame son exploration en claquettes sous le puissant soleil de l'Hérault. Son informateur aura été de bons conseils : plutôt que d'aller se faire mettre un pied par les gros bras qui patrouillent les abords des Clubs Med classés X avec leurs pit-bulls à muselière, il a roulé un peu dans la pampa avant de dénicher un sentier public qui descendait jusqu'à la mer et une palissade à laquelle attacher la Yamaha. À première vue, c'est juste un repaire de nudistes comme les autres, genre les Roches Blanches à Cassis, où il lui arrivait lui-même d'aller faire trempette sans maillot de bain dans son jeune temps. Des grappes de potes Hollywood Chewing Gum et des couples avec des glacières Decathlon, des sièges pliants et des parasols Pastis 51 ; des musclés qui jouent au beach-volley toutes roubignoles tressautantes ; des nanas qui se font les ongles des pieds ou se passent de la crème solaire tous nichons dehors... Pas de quoi fouetter un chat – fût-il sado-maso.

À y regarder de plus près, pour autant, on est bel et bien sur un littoral pour adultes avertis. Et on n'y joue pas qu'au ballon car, une fois l'œil habitué, ça copule effectivement dans tous les coins : il y a quelques timorés, débauchés stagiaires, qui se tripotent discrètement les organes reproducteurs à l'abri de leur serviette de bain, mais surtout des expansifs décomplexés, qui préfèrent avoir du public pour leurs numéros du music-hall. Ici, une quadra blonde, qui a curieusement conservé son haut de bikini, se fait prendre en sandwich par deux types et en suce goulûment un troisième par sens de la productivité (sans doute une

Allemande) sous les « oh ! » et les « ha ! » d'une douzaine de voyeurs se masturbant frénétiquement. Là, un couple d'acrobates s'essaye à la brouette thaïlandaise, et il y a même quelques clap-claps enthousiastes chez les spectateurs car ça requiert une certaine expertise (tête-bêche mais *debout* !). Un peu plus loin, c'est carrément l'orgie caligulesque : des corps blancs, bruns, noirs, jaunes, bronzés ou rouge écrevisse enchevêtrés qui s'embrassent, s'étreignent, s'attrapent, s'empoignent, se lèchent, se sucent, se baisent, se frottent, se mordent, se caressent, s'enculent...

La preuve est faite, la baie des Cochons est à la hauteur de sa réputation, mais Rico n'en mène pas large. C'est exactement ce à quoi il s'attendait, et en même temps pas du tout ce qu'il imaginait. Lui, après tout, il voulait juste pécho une petite minette bien foutue et pas farouche sur le sable après lui avoir offert un Cornetto chocolat-framboise, pas être précipité dans la quatrième dimension du cul. Il reste encore quelque minutes à observer le spectacle du haut de sa dune, mi-émoustillé mi-démoralisé, pense aux fornicateurs réjouis du *Jardin des délices* de Bosch, aux truculentes scènes de kermesses rurales des primitifs flamands, aux pécheurs de chair des *Neuf cercles de l'enfer* de Dante illustrés par Botticelli, à *Prends-moi par tous les trous* de Jacquie et Michel, se marre un peu aussi parce que, quelque part, si on sait prendre de la distance, c'est rigolo, et décide d'en rester là. Ce qui est d'ailleurs judicieux, quelques tout-nus ayant commencé à pointer du doigt le « textile » à catogan les reluquant depuis son promontoire, les beach-volleyeurs musclés à roubignoles tressautantes étant même à deux doigts de venir lui suggérer d'aller se faire foutre ailleurs – si on peut dire.

*

De retour sur le port des gens comme il faut, Rico s'est installé à une terrasse face aux petits voiliers et aux pointus de pêcheurs qui se balancent sur l'onde, et a commandé un ballon de rouge et des cacahuètes pour l'apéro. Il se demande si, pour toute sa rebellitude, il n'est pas un tantinet coincé, finalement. Et s'il n'a pas stupidement fait l'impasse sur une expérience majeure en raison de barrières morales derrière lesquelles il ne se savait pas enfermé. Il aurait pu se mettre à poil lui aussi, se joindre à la mêlée, s'abandonner à la copulation collective, ouvrir ses chakras, quoi... Dans l'Antiquité, les Grecs et les Romains se prenaient moins le teston sur les convenances, partouzaient eux aussi et ça ne les empêchait pas de philosopher ou de construire des empires. Mais bon, on ne se refait pas. Et ils en sont où, maintenant, les Grecs et les Romains de l'Antiquité ? Ils font la manche à Bruxelles.

Il en est là de sa réflexion lorsque l'une des deux meufs de la table voisine lui demande s'il a du feu et que la conversation s'engage. Ce sont des Toulousaines en vadrouille, la trentaine, plutôt pas vilaines, qui ont fait halte à Agde sur la route de Montpellier et assurent ne rien connaître des activités libidineuses prenant place à quelques encablures lorsqu'il évoque le phénomène avec précaution, sur un ton d'ethnologue plutôt que de praticien. Elles font des « Non, tu déconnes ! J'le crois pas ! C'est trop dingue ! » et il en rajoute, régurgitant son reportage France Inter presque mot pour mot :

« Le Cap-d'Agde, c'est même la toute première destination mondiale pour le libertinage et l'échangisme. Les gens viennent de partout pour baiser avec n'importe qui. Oh, bien sûr, dans les années 1960, c'était juste des naturistes qui étaient dans un trip écolo de retour aux sources, c'était familial et bon enfant, mais ça a dérivé au fil des ans...

— Mais c'est autorisé, ça, de partouzer en plein air ? Il n'y a pas des flics ?

— Pas autorisé autorisé mais disons que c'est toléré. Et c'est bon pour le tourisme. On n'est plus à l'époque du *Gendarme de Saint-Tropez* tout de même... »

Les Toulousaines sont bon public. Elles rient à toutes ses vannes. Plus il se lâche, plus elles se marrent. Il invente des statistiques à virgules sur les retombées commerciales du libertinage, l'augmentation du taux d'occupation des hôtels et cite même les stars du show-biz et de la politique qui fréquenteraient les lieux incognito, prenant les noms comme ils lui viennent :

« Catherine Deneuve, par exemple, c'est une habituée depuis des années. Énoooorme salope ! Elle a un grand appart dans une des résidences fermées et elle organise des parties fines où tout le monde doit s'habiller en latex...

— Catherine Deneuve ?! Putain, à la voir on le croirait pas...

— Ouais ben c'est sûr, elle va pas le crier sur les toits. Et Nicolas Sarkozy, pareil ! Il vient tous les étés au Cap-d'Agde avec Carla Bruni et c'est pas pour jouer à la belote ou passer le Kärcher, croyez-moi...

— Ah oui ! Sarko et Carla Bruni, ça me surprend moins... Je crois même que je l'avais déjà lu quelque part, d'ailleurs. »

Elles sont tellement à fond qu'il regrette de ne pas avoir un blouson en cuir ou une paire d'escarpins à leur fourguer en plus de ses anecdotes en carton. Ce qu'il se dit aussi, c'est que son escapade agdienne va peut-être finir par bien tourner, et que les Toulousaines vont peut-être lui permettre de réexaminer ses tabous mais avec plus de classe. Un plan à trois à l'hôtel, ce serait érotique. Rien à voir avec une partouze sordide sur une plage pleine de cochons. Mais c'est le moment que choisit un type pour s'asseoir à proximité – un quadra à biceps Club Med Gym, sapé négligé chic, Ray-Ban de pilote d'essai sur le front, le bip du Porsche Cayenne négligemment jeté sur la table – et s'immiscer sans y avoir été convié dans la conversation. En un rien de temps, le bellâtre retourne la situation : les villages pornos et les clubs de vacances libertins, il connaît bien, vu qu'il est architecte et vient tout juste de livrer une résidence de luxe près de la plage de la Conque, un complexe touristique fermé avec piscines naturelles un peu dans le même genre que celui de Corpus Christi, Texas, sur lequel il doit commencer à travailler en partenariat avec un important cabinet américain (mais en plus petit, sans le golf dix-huit trous). D'ailleurs, si les Toulousaines en ont envie, il pourrait le leur faire visiter car il a justement quartier libre jusqu'au lendemain. Il serait vraiment enchanté de leur servir de guide (elles disent que oui, qu'elles en ont envie).

Un quart d'heure plus tard, les trois nouveaux amis se lèvent de leur chaise, les nanas lâchent, gênées, « bon, ben, euh, p't-être à plus tard, hein ? » et Rico se retrouve comme un con avec son ballon de rouge et sa soucoupe de cacahuètes en guise de plan à trois.

*

Le moral au fond des santiags, et après avoir mangé une pizza aux fruits de mer surgelés sur le port, Rico est allé zoner au Luna Park tout proche. Il s'est promené entre les auto-tamponneuses, les montagnes russes, les stands de tir et la maison hantée. Il a même gaspillé quelques euros dans ces espèces de cubes de verres où les gogos tentent d'attraper un iPad avec un crochet monté sur vérins en grignotant une pomme d'amour… La nuit tombant, il s'est demandé s'il n'allait pas carrément rentrer à Marseille, mais il était trop vanné pour se retaper les trois heures de route. Il a tenté quelques hôtels, qui étaient tous complets ou ridiculement dispendieux. Reprenant la moto pour s'éloigner du centre en se disant qu'il finirait bien par tomber sur un Formule 1 ou un de ces motels bon marché pour routiers d'Europe de l'Est, il s'est arrêté, exténué, devant une station Fina abandonnée au bord d'une départementale ; il a enjambé quelques pneus, un gros tas de gravats, une pile de vieux bidons d'huile de vidange, et s'est endormi comme une masse à même le sol – son Perfecto roulé en boule en guise d'oreiller.

*

Au petit matin, tout courbatu, le visage et les cheveux trempés car il a roulé dans une flaque d'eau croupie dans son sommeil, Rico est réveillé par des aboiements et se redresse pour voir d'où ça vient. À l'autre bout du bâtiment, une tête émerge brusquement d'une masse indistincte de corps dans des sacs de couchage et de clébards de tous gabarits : « Ah, ben merde alors, comme le monde est petit ! V'là-t-y pas mon pote apprenti-partouzeur d'hier ! Alors, ça c'est bien passé, ta virée chez les nudistes ? T'as fini par pécho ? »

VII
Le Rico d'avant
(quand c'était mieux)

Rico et Fabrice ont l'impression d'avoir réalisé le casse du siècle. Et « sans armes ni violence ni haine », à la Spaggiari, par-dessus le marché ! Mais c'était un gros boulot, incontestablement le plus ambitieux depuis leur cambriolage de l'usine de jeans de la rue de Lyon, deux mois plus tôt, lorsqu'ils avaient descellé un mini coffre-fort de son mur de briques avant de l'exploser à coups de masse dans un terrain vague et d'en extraire près d'un bâton en billets de 500 francs (en plus d'une épaisse liasse de titres au porteur qu'ils avaient prestement balancés dans une benne de chantier en pensant qu'ils ne valaient rien, puis tenté de retrouver sans succès en apprenant qu'ils valaient sans doute bien davantage que les Pascal).

Semi-allongés côte à côte sur le sommier sur pieds qui sert de canapé dans le salon, ils admirent l'énorme photocopieur – dont ils ont dû chirurgicalement séparer les deux segments à la clé Allen avant de les descendre par les escaliers, de nuit et sur quatre étages, puis de les hisser sur la galerie de la Renault 8 –, et les ordinateurs Olivetti alignés comme à la parade sur le carrelage blanc.

Le gros Rank Xerox était une commande et il n'y aura même pas besoin de trouver un fourgue, ce qui n'aurait pas été une mince affaire pour du matos de ce genre. C'est Philippe, un ancien surveillant de collège de Rico, qui leur avait proposé le plan : le gars vient de monter une petite agence de publicité, n'a pas les ronds pour s'équiper, avait besoin d'un photocopieur capable de faire des gros tirages en format A3, et leur a expliqué comment récupérer l'engin dans la boîte où il était encore stagiaire un an plus tôt sans déclencher l'alarme. Il n'avait pas parlé d'ordinateurs, mais les deux monte-en-l'air se sont figuré que ça pourrait l'intéresser aussi et en ont rempli la bagnole à tout hasard.

« Oh gari, tu sais combien ça coûte neuf, un ordinateur comme ça ? avait demandé Fabrice à Rico qui hésitait, pressé d'en finir.

— Alors là, aucune idée... Genre dans les 4 à 5 000 ?

— Ti'es fada toi, ça vaut facile le double...

— Arrête tes conneries !

— Eh oui je te dis ! S'il nous les prend tous en plus de la photocopieuse, on lui fait le lot à trois briques et il est plus que gagnant, c't enculé !

— Oh fan des pieds ! C'est comme gagner le loto alors ! Dès demain matin, je l'appelle pour lui dire de venir prendre livraison. Là, je suis mort, je vais me foutre au pieu pour mieux rêver au pognon...

— C'est ça... Et moi je vais rêver que je photocopie des biftons pour en avoir encore plus... Purée, dommage que ça fasse

pas la couleur, ces machins. On le garderait pour nous...

— Ah bon ? Ça la fait pas ?

— Ma foi, j'en sais trop rien en fait. Peut-être que oui, si ça se trouve... »

Mais lorsqu'il se pointe le lendemain avec une camionnette de location, l'ex-pion passé créateur d'entreprise se bidonne en découvrant les Olivetti : « Bravo pour le copieur les mecs, excellent travail ! Mais pour les autres trucs, vous pouvez bien vous les garder, ça vaut nibe.

— Comment ça, ça vaut rien, des ordinateurs ?! Ti'as bu ou quoi ?

— C'est pas vraiment des ordinateurs en fait, c'est du matos de photocomposition. Là, vous avez juste pris les écrans et les claviers mais ça sert à rien sans les unités centrales. C'est tout un système...

— Quésaco, les unités centrales ? répond Fabrice, les mains sur les hanches, fronçant les sourcils de l'air du mec qui connaît la vie et à qui on ne la fait pas.

— C'est comme le moteur d'une voiture. Toi ti'as juste la carrosserie et les roues, si tu veux... Tu feras pas beaucoup de kilomètres avec.

— Bon, ça veut dire que tu les veux pas, alors ?

— Je veux bien vous prendre un écran et un clavier, ça pourra peut-être me servir en les bidouillant, on sait jamais. Mais pour le reste, bof...

— Qu'est-ce qu'on peut en faire alors, des autres ?

— Alors là, franchement, je vois pas vraiment. Je demanderai autour de moi pour rendre service si vous voulez mais je vous promets rien... »

Il leur donne une enveloppe kraft avec les 20 000 francs convenus pour le Rank Xerox – qu'ils doivent encore l'aider à embarquer dans sa camionnette mais leur prestation s'arrête là, il se démerdera comme il pourra à l'autre bout –, leur octroie une rallonge de 300 balles pour l'Olivetti sans moteur, et il file reprendre son activité d'honnête jeune publicitaire de la rue Paradis.

*

Depuis qu'ils ont emménagé dans le petit appartement du haut de la rue Saint-Savournin gracieusement mis à disposition par une tante multipropriétaire de Fabrice, les deux lascars mènent la grande vie. L'un et l'autre indemnisés par l'ASSEDIC, laquelle est encore assez généreuse, au mitan des années 1980, pour leur verser 92 % d'un SMIC à 3 500 francs pendant un an pour trois tout petits mois de labeur, Rico au carrelage de salles de bains, Fabrice au comptoir du bar-tabac familial, ils ont du temps pour faire la fiesta et monter des coups. D'ailleurs, leur film préféré, celui dont ils se repassent la VHS en boucle, c'est Borsalino, *le film de Jacques Deray qui raconte l'histoire de deux voyous débutants mais ambitieux devenus les rois de la pègre phocéenne dans les années 1930, passant des meublés miteux et des coups foireux aux hôtels particuliers remplis d'œuvres d'art et au big business avec tout ce que la ville compte de politiciens corrompus et d'hommes d'affaires véreux. La belle aventure se termine mal, pour autant, Belmondo se faisant déchirer à la Thompson à chargeur camembert par un gang rival (Delon s'en tire mieux, même si ça part aussi un peu en vrille pour lui dans le second opus,* Borsalino & Co, *qu'ils apprécient moins parce que c'est plus difficile de s'identifier à un gangster au sommet de sa gloire).*

Ils sortent tous les soirs, écument les boîtes et les bars de nuit, flambent sans compter, se font des nanas à la pelle, se lèvent à 2 heures de l'après-midi et vivent de pizzas surgelées, de fishburgers Freetime, de Bolino et de Royco minute soup. Au London Club, sur la Corniche, et au Bunny'z, place de l'Opéra, ils ont des étiquettes à leurs noms sur des bouteilles de JB quand la plupart de leurs potes n'en franchissent même pas les portes capitonnées. À Fabrice, ça convient, il ne voit pas comment on pourrait rêver d'une meilleure existence, d'une façon plus plaisante de cramer sa vingtaine avant de se ranger, puisqu'il faudra bien s'y résoudre un jour ; mais c'est plus ambigu pour Rico, qui est dans un autre trip. Le fric, les filles, les trucs qui brillent, c'est très bien, formidable même, mais ça ne lui suffit pas. D'une colo de ski dans les Alpes où il s'était retrouvé par un concours de circonstances à 14 ans, lui le fils de prolo des quartiers nord qui ne connaissait de la neige que les trois flocons qui tombent sur Marseille une fois par décennie, il a ramené autre chose qu'un piolet d'alpiniste miniature à la con à clouer au mur de la cuisine en souvenir : il s'est fait de nouveaux amis, des gosses de profs, d'avocats, de toubibs des quartiers sud qui lisent des livres qui ne sont pas des BD, prennent des cours de violon au conservatoire et des leçons d'équitation à la Campagne Pastré. Il a découvert des familles où l'on parlait littérature, musique et politique en mangeant des trucs impensables, de la cuisine thaïlandaise, des pavés de saumon à l'aneth grillés à l'unilatérale, là où il ne connaissait que les engueulades vespérales au-dessus d'un plat de raviolis en conserve, téloche Radiola branchée sur Maritie et Gilbert Carpentier.

Il a continué à les fréquenter de loin en loin, les gosses de bourges intellos de l'allée des Pins et de la Panouse, et ça lui a ouvert d'autres horizons. Il s'est mis à lire lui aussi, un peu n'importe comment, au gré de ce qui lui tombait sous la main à la bibliothèque du Merlan et chez les bouquinistes de la place Carli : John Fante, Richard Brautigan, les deux Jack hors usinage qu'il vénère – Kerouac et London –, même des classiques français, Flaubert, Stendhal, Maupassant, Balzac, Zola... Il s'est mis à écouter de la musique baroque, de l'opéra, du rock, du blues, du free jazz, du Cole Porter, puisque tout l'intéresse. Un temps, il avait même pris des cours de théâtre avec une troupe de gauchos chevelus dont il était rapidement devenu la mascotte (mais il avait laissé tomber parce qu'il fallait apprendre des textes et qu'il voulait un premier rôle alors qu'on lui disait qu'il n'était pas encore assez au point pour autre chose que des apparitions de hallebardiers). Il s'est fait des cures de cinéma de répertoire (les néo-réalistes italiens, tout Capra, John Ford, Kubrick, Wim Wenders et la Nouvelle Vague) au Breteuil, la salle d'art et d'essai déglinguée de la rue Fort-Notre-Dame, et au Ciné-Club de Claude Jean-Philippe sur Antenne 2. Et surtout, il s'est mis à se trimbaler avec un dictionnaire, un petit Larousse de poche avec option locutions latines en pages roses, le dégainant à chaque moment creux.

Il veut le beurre et l'argent du beurre, le pognon fastoche du rebelle et la culture pointue du bourgeois. Une double revanche. Comme le Delon de Borsalino, *en somme, qui achète des abat-jour Lalique et des toiles de maîtres avec l'oseille des braquages façon* Gatsby le magnifique *quand le Belmondo-Fabrice se satisfait parfaitement d'une nouvelle paire de Nébuloni vernies à grosses boucles et envisage juste de troquer sa R8 cabossée contre une BMW de proxo avec des jantes alu et un volant trois branches gainé cuir dans ses rêves les plus fous.*

*

Encore à poil, la nana se lève du lit pour aller chercher ses cigarettes dans son sac à main, et Rico admire son cul galbé de tenniswoman accomplie en connaisseur. Il admire aussi la vaste chambre à plafond de cinq mètres de haut, le mix de meubles Ligne Roset et de pièces rococo d'ébéniste, les tableaux d'art contemporain aux murs, et lui demande d'ailleurs de qui est cette grande toile pleine de couleurs un peu BD parce qu'elle lui tape dans l'œil au moins autant que les fesses de son hôtesse. « Oh celle-là ? Ouais, elle est pas mal, c'est vrai... C'est un Combas, un jeune peintre de Montpellier que papa a aidé à démarrer mais qui marche plutôt bien depuis quelque temps. Il expose partout désormais, même à New York. Il lui en a fait cadeau par gratitude, mais papa me l'a refourgué parce qu'il ne savait plus où le caser chez lui. Ça déborde, dans sa baraque ! » elle répond en revenant s'asseoir sur le lit, JPS longue au bec et elle lui en propose une, mais il dit qu'il préfère se rouler un pétard et il attrape son blouson jeté à terre pour en extraire son nécessaire à teuch.

La nana, il l'a levée la veille au Pelle Mêle, un bar à jazz de la place aux Huiles, une grande blonde qui ressemble un peu à Farrah Fawcett, un vrai canon de Navarone ; ils ont commencé à se chauffer érotiquement sur une banquette, puis plus pornographiquement dans les toilettes, et elle lui a proposé de rentrer avec elle boulevard Périer avant de se faire jeter sur le trottoir par le patron pour exhibitionnisme, et ils sont allés chercher sa Mini Cooper garée au dernier niveau du parking Shell. Ils ont fait l'amour sur un tapis du salon gigantesque plein de livres reliés cuir et de bibelots – Nina Simone se vantant de n'avoir rien du tout mais d'être contente tout de même depuis les enceintes d'une chaîne hi-fi de science-fiction –, ont bu le champagne hors de prix qu'elle stockait dans une espèce de frigo spécial à porte transparente qu'elle appelait sa « cave ». Ils ont refait l'amour dans la salle de bains en marbre parce qu'elle avait envie de prendre une douche, puis une troisième fois dans sa chambre galerie d'art contemporain et il s'est dit que ça lui conviendrait parfaitement, ça, d'habiter dans ce genre d'appart et de baiser tous les jours avec une gonzesse digne d'une double-page centrale de magazines pour mecs. Du pognon, de la bonne musique, des beaux tableaux et du cul. Que demande le peuple ?

« Mais tu fais quoi, dans la vie ? il lui a demandé, allongé contre elle, une main lui effleurant légèrement la poitrine, l'autre écrasant le reste du pétard dans un cendrier Jean Cocteau période Vallauris en série limitée.

— Bof, là tout de suite, pas grand-chose. Théoriquement, je suis attachée de presse... Enfin, je viens juste de finir mon école, mais je bosse pas en ce moment. Mon père voudrait que je vienne travailler dans sa boîte mais j'ai pas envie. Je me cherche, je me cherche, mais je me suis pas encore trouvée, hi hi hi... Et toi, tu fais quoi ?

— Ha ha, des trucs de droite et de gauche, tout ce qui se présente, je me cherche aussi...

— Tu travailles pas ?

— Disons que je fais des affaires... »

Mais elle insiste, curieuse : « Mais quelles affaires ? De quel genre ? Moi, quand je t'ai vu au Pelle Mêle, j'ai pensé que tu étais mannequin, figure-toi !

— Ha ha ha ! Mannequin, moi ?! Remarque, j'ai fait des photos avec un mec une fois mais ça a pas décollé parce que c'était juste un gros pervers... Non : disons des affaires pas honnêtes-honnêtes. Mais c'est seulement temporaire, ces trucs. J'ai des projets.

— Ah bon ?

— Déjà, dès que j'ai un peu plus de ronds d'avance, et ça avance vite de ce côté-là, ti'as pas idée, je vais sans doute commencer par monter à Paris. Et puis voyager. À Marseille, je connais tout. C'est trop la routine, y a rien à y faire... Ti'as voyagé, toi ?

— Oui, pas mal. Avec le boulot de papa, on a habité pratiquement partout.

— Ah, où ça ? Qu'est-ce qu'il fait ton père ?

— Il bosse dans une banque d'affaires américaine. Quand j'étais gosse, il était muté tous les trois ans, j'arrêtais pas de changer d'école. On a vécu aux États-Unis, au Japon, en Australie, en Suisse, à Paris... Mais Marseille, c'est le QG. Ici, c'était même notre appart familial mais il me l'a laissé maintenant qu'il a la villa de Ramatuelle pour quand il est en France. Il est toujours par monts et par vaux de toute manière. Maman pareil, mais c'est ni les mêmes monts ni les mêmes vaux pour tous les deux. Ils sont divorcés...

— Ah... »

Rico gamberge à toute allure. Cette nana, cette bombe qui dégouline de pognon et d'art moderne, parle de « papa » et de « maman » avec le premier venu, ça ne serait pas son marchepied idéal, son passeport gastby-esque ? Des gonzesses, ça n'est pas difficile à trouver. Avec sa gueule et sa dégaine, il en est plutôt à refuser du monde, mais c'est souvent de la cagole de base, de la minette en Chappy. Là, il est tombé sur une autre catégorie. Il faut s'accrocher. Tout en continuant de lui caresser les seins, il se lance mentalement dans l'élaboration d'une stratégie : « Je sors avec elle, elle tombe folle amoureuse, je rencontre ses potes et son paternel, ils me mettent le pied à l'étrier. À l'étrier de quoi, je sais pas, mais y aura bien un étrier où foutre le pied. C'est ma chance... ».

Mais elle se redresse brusquement, jette un coup d'œil au radio-réveil à diodes rouges sur la table de nuit design et s'exclame : « Oh putain, c'est déjà 7 heures! Faut que je me grouille... J'ai un avion dans moins de trois heures à Marignane et je dois encore finir de préparer mes affaires et commander un taxi... »

— Ah bon ? Tu vas où ?

— En Californie.

« Ouah, en Californie! C'est cool ça! Tu vas rester là-bas longtemps? On pourrait se revoir quand tu seras rentrée, il lâche d'une voix de velours d'acteur de cinéma.

— Hum, je sais pas trop quand je reviens. J'ai pris un billet open. Je vais chez des amis à Los Angeles, enfin juste à côté de Los Angeles, à Santa Monica. Mais laisse-moi tout de même ton numéro. Quand je suis de retour dans les parages, on se recapte, pourquoi pas... »

Puis elle le fout gentiment mais fermement dehors, sa stratégie d'ascension sociale toute fraîche en bandoulière. Elle voulait juste s'envoyer en l'air avant de s'envoyer en l'air cette salope, il semblerait, pas lui servir de pygmalionne. Mais ce n'est que partie remise : des filles de banquiers avec de grands apparts boulevard Périer, il y en a d'autres et elles ne prennent pas toutes l'avion le lendemain du jour où on les saute. Une de perdue dix de retrouvées. Il suffit de mettre en œuvre la bonne tactique une fois qu'on a eu l'idée.

*

Rico et Fabrice ont décidé d'aller faire un tour à Monaco, histoire de claquer quelques biftons xeroxiens au baccara et à la roulette. Et peut-être même de traverser carrément la frontière et de pousser jusqu'à San Remo ou Gênes. Ils ont entassé leurs deux sacs Adidas dans le coffre de la Renault, jeté un coup d'œil à une carte Michelin mais c'est tout droit, c'est de l'autoroute pratiquement tout du long et ça n'a pas l'air trop compliqué en termes de planification.

« Il faudrait tout de même que j'aille voir mes parents avant qu'on parte, dit Rico. Ma mère va pas trop bien en ce moment, je leur avais promis de passer... Soit j'y vais en bus, mais ça va encore me prendre quatre heures, soit on fait un crochet par le 15ᵉ avant de se taper la route. Qu'esse ti'en penses ?

— Oh, t'inquiète Rico, on passe par chez toi, évidemment. C'est pas trop sur le chemin mais bon... Elle a quoi ta mère ?

— Y savent pas encore, elle a fait un milliard d'examens à l'Hôpital Nord mais on n'a toujours pas reçu les résultats. C'est peut-être le cancer du sein...

— Oulah ! Le cancer...

— Peut-être le cancer ! C'est pas sûr je te dis.

— La cousine de ma mère aussi, elle a eu le cancer du sein...

— Ah oui ?

— Ouais, ben elle est morte...

— Eh ferme-la, ah, connot que tu es ! Quesse-tu nous mets l'œil, là ! La con de ta race, ha !

— ... »

Mais c'est justement la mère de Rico qui leur ouvre la porte et elle a l'air en forme. En petite forme pour être précis, parce qu'elle traîne un peu la patte, mais en forme tout de même.

« Monaco ? Pour y faire quoi à Monaco ? elle leur demande en leur versant du café dans des petits verres Duralex sur la table de la cuisine.

– Hé, pour y faire encore des conneries, qu'esse tu crois ! »

persifle le père en train de bricoler la porte du frigo, qui n'a jamais bien fermé, qu'il est constamment en train de réparer, mais il est persévérant. « Tu ferais mieux de chercher du boulot au lieu d'aller faire le gandin sur la côte, puisque tu veux plus travailler avec moi sur les chantiers !

— Papaaaa, le carrelage c'est pas pour moi... Et j'ai le chômage de toute manière, j'ai largement le temps de voir venir. Té, y me reste au moins huit mois d'allocs facile...

— Dans la famille, on reste pas à toucher le chômage comme un mendiant, on gagne son pain. Tu crois que je resterais à la maison à toucher le chômage, moi ? Du travail, quand on a deux bras et deux jambes et qu'on est capable de se sortir les doigts du cul, on en trouve toujours...

— Oh Marco, laisse-le vivre... Il est jeune...

— Qué jeune ? Il va faire ses 23 ans. À 23 ans, on n'est plus un " jeune ". On est un homme et on se réveille pas tous les jours à midi. Déjà, s'il avait fait son armée, ça lui aurait un peu remis les idées en place... »

Rico et Fabrice se marrent. Pour se faire réformer, ils ont bakchiché le même toubib antimilitariste, qui leur a fait exactement le même certificat « d'instabilité émotionnelle chronique », et les mecs des « trois jours » n'y ont vu que du bleu. Ou s'en branlaient carrément, en fait, puisqu'il paraît qu'ils ne prennent plus que les vraiment motivés, rapport à la guerre qui devient plus compliquée à faire à cause de l'électronique et est de moins en moins adaptée aux bras cassés et aux allergiques à la discipline.

« Oh papa, tu veux que j'aille faire le soldat maintenant ? C'est nouveau. Tu dis tout le temps que plus con qu'un militaire, c'est deux militaires... » Mais le père ne répond rien et grommelle inaudiblement dans sa barbe en continuant d'ajuster sa porte de frigo.

— Et maman alors, ti'as eu des nouvelles de l'hôpital ?

— Non, toujours pas. À la fin de la semaine normalement. Mais je me sens mieux en ce moment je te dis... T'inquiète pas, vaï, ta mère, elle est pas encore à Saint-Pierre... Chez nous, on meurt pas jeune... »

*

Il y a pas mal de circulation et, à l'approche de Draguignan, Fabrice s'agace un poil parce qu'ils sont pratiquement à l'arrêt depuis une demi-heure : « Putain, ti'aurais le permis toi aussi, on pourrait au moins se relayer. Ça me casse bien les couilles d'être le seul à conduire quand ça roule pas comme ça...

— Alors franchement, je vais te dire, les bagnoles, ça m'a jamais fait bander. Moi, je serais plutôt deux-roues.

— Passe au moins ton permis moto alors...

— Oh mais j'y compte bien ! Déjà, je vais m'inscrire pour la 125 puis direct le gros cube Harley-Davidson ou la Triumph ! Je vais pas lésiner !

— Mouais... N'empêche, le permis, même si ti'as pas de voiture à toi, ça peut toujours te servir... Regarde, comment tu crois qu'on se serait démerdés sans une bagnole l'autre jour pour le photocopieur ?

— On aurait trouvé un chauffeur. Hé hé, moi, je t'ai bien trouvé comme chauffeur...

— La con de ta mère, ah ! Je suis pas ton chauffeur. »

Ils s'engueulent encore un peu pour la musique, parce que Rico dit que Johnny, c'est du faux rock pour les beaufs, de la variétoche mal déguisée, et veut changer la cassette pour du Fleetwood Mac et ça fait hurler Fabrice, qui est fan, mais ils se réconcilient en passant sur Radio Monte-Carlo, histoire de se glisser préparativement dans l'ambiance monégasque.

Jean-Pierre Foucault et son compère Léon racontent des vannes nulles en grandes ondes crachotantes, mais ça les fait rigoler. À Cannes, ils quittent l'autoroute pour traverser la capitale du cinéma et boire un coup en terrasse près du Palais des festivals, la récupèrent au niveau de Saint-Laurent-du-Var parce que ça roulait encore moins bien sur la nationale, la quittent à nouveau, et franchissent enfin la « frontière » de la principauté.

Gratte-ciel de verre et d'acier, restaurants gastronomiques à terrasses arborées et loufiats déguisés en majordomes, boutiques de haute-couture, vieux beaux en blazer à écusson et casquette de capitaine qui garent leur Ferrari devant la boulangerie pour aller prendre le pain, rombières ultra-bronzées en talons aiguilles qui promènent des caniches tondus comme des arbustes, écoliers en uniforme... Tout les émerveille. Tout est beau, tout est propre, tout est brillant, tout est fleuri. On se croirait dans un dessin animé.

« Oh putain, ça ressemble pas exactement à la Belle de Mai par ici !

— Ha ha ! Tu m'étonnes ! Même Périer ou le Roucas, c'est la Belle de Mai en comparaison... »

Rue Grimaldi, ça a l'air d'être le centre et Fabrice tente un créneau serré entre une Lamborghini et un cabriolet Mercedes Pagode mais doit s'y reprendre à plusieurs fois ; ça se met à klaxonner et il transpire à grosses gouttes sur son volant. Il fout tellement le bordel dans le périmètre, en fait, qu'un flic finit par se pointer pour observer la manœuvre laborieuse de la quasi-épave Renault immatriculée 13. Lorsqu'ils parviennent enfin à se garer et sortent de la voiture, le pandore s'approche, leur décoche un petit salut poli, et demande à voir les papiers de Fabrice.

« Ben pourquoi ? J'ai rien fait de spécial, j'avais juste du mal à faire mon créneau...

— Simple contrôle de routine. Vous venez d'où ?

— De Marseille.

— Et vous venez pour quoi, à Monaco ?

— Ben pour visiter. On voulait aller au casino, voir les choses à voir, quoi... »

Rico, moins coopératif, entre en scène : « Oh hé, chef, on est en république, on n'a pas de comptes à rendre, on fait ce qu'on veut...

— Non jeune homme, on n'est pas en république, justement ! On est en principauté de Monaco...

— Mais pourquoi vous nous gonflez comme ça, on n'a rien fait, on débarque juste, putain... On est des touristes, con ! »

Le flic prend le permis et la carte grise de Fabrice, leur dit d'attendre cinq minutes, marche jusqu'à l'estafette rouge et noire de la maréchaussée princière stationnée deux hôtels particuliers plus loin, y retrouve un collègue auquel il transmet les documents. Le gars parle dans son talkie-walkie en se grattant le crâne sous son képi, ils regardent tout ça de loin, s'impatientent sur leur trottoir, puis le premier flic revient :

« Désolé, mais vous ne pouvez pas rester ici

— Pourquoi, on n'est pas bien garés ?

— Non, je veux dire ici, à Monaco.

— Comment ça ?

— On a eu des signalements de problèmes avec des jeunes de Marseille...

— Ben vous voyez bien que c'est pas nous, on arrive à peine, s'énerve carrément Rico. »

Mais le flic est intraitable, bien qu'il reste plus courtois qu'un condé phocéen, qui les aurait certainement déjà plaqués contre le mur pour une fouille en règle à ce stade, leur demande de remonter dans la bagnole et de retourner fissa en République française. Même un shérif de western leur aurait au moins accordé jusqu'au lever du soleil pour faire un tour au saloon et se saouler la gueule avant de décamper. Adieu prince Rainier, bye bye princesse Grâce, arriverderci les bandits manchots. L'aventure fut brève.

*

« Les enculés, je peux pas le croire ! Sur la tête de ma mère, un jour, je reviens plein de pognon, je m'achète tout ce mini pays de merde et je le brûle ! » hurle Fabrice en frappant du poing sur son volant, ivre de frustration sur l'autoroute du retour – toujours aussi embouteillée. Rico enfourne la cassette de Borsalino *dans l'auto-radio : « Tiii ta ti, ta ti ta ta ta ti ta ta, tiii ta ti, ta ti ta ta... »*

Oui, un jour, putain !

VIII

Il y a du rififi maousse au quartier depuis quelques jours, et Rico n'y monte plus qu'avec d'infinies précautions parce qu'il n'aimerait pas jouer les figurants non-rémunérés dans une séquence de règlement de comptes à effets spéciaux pyrotechniques. Dans ces périodes de forte tension, même un papy à cabas de supermarché et bottines orthopédiques est susceptible de se choper une balle perdue. Ça s'est déjà vu. Même un bébé dans sa poussette, tiens, une fois, du côté de La Castellane...

Le grand problème du shit-business (c'est sa théorie du moment, d'ailleurs extrapolée d'une chronique de Dominique Seux, l'économiste de France Inter, sur le défi posé à l'industrie automobile par les marchés « matures » en termes de taux d'équipement des ménages), c'est qu'il ne progresse plus depuis des lustres – au contraire. « Tous les consommateurs réguliers ont déjà un plan fixe de ravitaillement sur Telegram ou Whatsapp, babos et bobos sont de plus en plus nombreux à autoproduire leur THC sans gluten sur leur véranda ou dans un placard à balais éclairé à 600 watts, et les occasionnels légalistes se replient sur la CBD en vente libre, il postule pragmatiquement : *ergo*, les réseaux ne se bagarrent plus que pour les mêmes points de deal que fréquentent les mêmes clients ». Et si, dans le secteur de la bagnole, on négocie paisiblement la reprise des usines et des concessions du challenger le moins solide pour réharmoniser offre et demande, dans celui de la dope, en revanche, on lui décolle le teston des épaules et on s'empare de ses cages d'escaliers. C'est de l'OPA *littéralement* hostile...

Mourad, au service de l'une des « familles » historiques du 15e, pas la plus en vue, certes, mais tout de même, est justement payé pour le savoir : quand, appuyée par un commando de mercenaires kosovars, une dynastie concurrente est venue tester (sans succès) la résistance de son bloc d'immeubles aux armes lourdes par une belle après-midi de printemps, il a bien failli finir en fait divers dans le décrochage local du 19/20 de France 3. Désormais, lorsque Rico vient toc-toquer le code d'usage (trois coups rapides, deux coups espacés, trois coups rapides) à l'entrée de l'appartement/centre de stockage intermédiaire de son fournisseur, il y a toujours au moins une paire de malabars armés jusqu'aux dents tapant le carton en écoutant du gangsta rap provençal pour lui tenir compagnie. C'est devenu moins convivial.

Mais, et curieusement compte tenu de l'actu, pas aujourd'hui. Aujourd'hui, Mourad est en solo et n'a pas l'air dans son assiette derrière sa porte blindée Tordjman douze points.

« Oh, fatchedeuh, la tronche que ti'as ! Ti'es malade ou quoi ? » demande Rico en lui emboîtant le pas dans la grande pièce aux murs nus, spartiatement meublée d'une table de jardin en plastique, de quelques chaises pliantes et d'une console de jeu arrimée à une grosse télé.

« Putain, on peut le dire... J'ai dû bouffer un truc pas net hier soir, ou choper chais pas quoi... J'ai super mal au bide, j'ai la fièvre, j'arrête pas de dégueuler depuis que je me suis levé et en plus j'ai la chiasse maintenant...

— Oh pauvre, ce serait pas la gastro ? Y en a pas mal qui l'ont en ce moment y paraît, tu devrais te prendre un petit break...

— Ouais c'est ça, ti'as raison, je vais demander un congé maladie à mon directeur des ressources humaines...

— ...

— Bon, frère, parlons peu mais parlons bien, tu veux quoi, toi, aujourd'hui ? On fait l'affaire rapido si ça te dérange pas parce que j'ai pas trop le goût pour la discute.

— O.K., O.K., O.K., je rentre, je sors, t'inquiète... Ti'as quoi là, en magasin ? Moi, il me faudrait cent cinquante grammes de chichon mais pas le même que la fois dernière si c'est possible parce qu'il était moyen-moyen et que j'ai eu des mauvais retours...

— Des mauvais retours ? La con de ta mère, ha, c'était du double zéro ! Mais dis, si ti'es pas content de la marchandise, tu vas voir ailleurs. Ça va être vite réglé. Et lui, non ?! *Moyen-moyen*, y me dit !

— Vé, oh, t'engatse pas Mourad. Je cherche pas la merde, je te répète juste ce que disent les clients. Ils deviennent de plus en plus difficiles, les clients... »

De fait, Rico a fréquemment des soucis question qualité du produit – c'est le lot des petits joueurs dans son genre, qui se tapent souvent les rogatons – et doit alors gérer en parallèle le mécontentement des consommateurs et la désinvolture des fournisseurs, avec lesquels il doit pourtant rester en bons termes quoi qu'il lui en coûte. La dernière fois qu'il s'est pris le chou avec l'un d'entre eux (c'était avant de se remettre à toucher chez Mourad, qui ne vend généralement pas au menu fretin mais s'autorise quelques exceptions par sentimentalisme), il s'était retrouvé en carafe pendant quinze jours, laissant définitivement s'envoler trois de ses pigeons favoris dans l'aventure.

Le semi-grossiste s'apprête à répondre un truc probablement pas très sympa, lève même un index menaçant en préalable, mais quitte brusquement la pièce pour aller dégobiller bruyamment dans ses toilettes, laissant un Rico en plan – lequel fait les cents pas, tripote distraitement les manettes de la Playstation, jette un coup d'œil au petit triangle de Méditerranée que l'on distingue depuis la baie vitrée, puis glisse une tête indiscrète à l'intérieur d'une pièce dont la porte a été remplacée par un rideau anti-mouches à lanières plastiques multicolores : dans un frigo américain aux battants béants, des dizaines, peut-être même des centaines, va savoir, de savonnettes de 200 grammes de résine sous cellophane sont empilées comme autant de briquettes de beurre dans l'arrière-boutique d'une épicerie. « Oh fatche de con ! C'est carrément la Banque de France du chichon, ici ! » il se dit en se repliant prudemment vers la baie vitrée, éberlué.

Au retour de Mourad, en nage, hagard, débraillé, son T-shirt « Droit au but » encore humide de bile, le dialogue reprend toutefois sur un ton plus amène et Rico aligne ses biftons sur la table en vantant la vue sur mer pendant que Mourad découpe ses barreaux de cannabis au poignard chauffé dans une savonnette vraisemblablement issue du stock de la pièce voisine. Il en pèse méticuleusement les morceaux sur sa balance électronique, en retire un fragment, repèse le tout, en rajoute un autre plus petit, pèse à nouveau, lâche « bon, 158 grammes, je t'ai mis un chouïa de plus pour la pei... » mais se redresse subitement et repart faire un tour aux chiottes afin de s'y vider conjointement l'estomac par le haut et les intestins par le bas – pour autant qu'on puisse en juger aux râles de souffrance et aux « la con de sa mère ! La putain de sa race maudite ! » éructés entre deux cascades de merde et de vomi.

Sans même réfléchir, Rico retourne dans la pièce du fond, enfourne huit savonnettes de shit dans son cabas, se dit que c'est trop, en replace une, la reprend pourtant parce qu'il lui semble que ça va se voir, que ça casse le bel alignement des étagères, et revient se poster innocemment dans la grande pièce, le déluge de chiasse se poursuivant de l'autre côté du mur.

« Bon, ben je vais te laisser te reposer, alors ! » il lance lorsque Mourad réapparaît, toujours aussi mal en point.

— Ouais, c'est ça Rico. Laisse-moi, va... On fera la causette une autre fois. Excuse-moi si je t'ai mal parlé tout à l'heure, tu vois bien dans quel état je suis... Mais sur le Coran de la Mecque, il est super bon le produit, là, t'inquiète. On vient de le rentrer du Maroc. Encore ni coupé ni rien... Normalement, même moi je le stocke pas ici à ce stade mais c'est tellement le bordel en ce moment qu'on fait n'importe quoi, j'te raconte pas les détails, tu me croirais pas. Et je te le fais pas goûter non plus mais il est tarpin bon...

— Te casse pas le teston, Mourad. C'est pas grave, je te fais confiance, va, ça arrive. Vé, repose-toi. À la prochaine ! »

*

Dans l'ascenseur, Rico regrette déjà. Mais une opportunité pareille, c'était trop tentant. Un vrai truc de malade. Huit savonnettes de 200 grammes, c'est pratiquement du 15 000 euros à la revente au détail, voire du 20 000 avec un peu d'atelier cuisine en préalable, il calcule. Une fortune. Est-ce qu'ils vont s'en rendre compte ? Peut-être... Peut-être pas... Sûrement. Sûrement pas. Ils doivent bien tenir une compta, faire des inventaires... On est chez les pros, non ? C'est trop tard de toute manière, *alea jacta est*, comme on dit dans Astérix. Et qui laisse un frigo entier de produit *sans surveillance*, putain ?! S'il remontait chez Mourad, là tout de suite, qu'il vidait son sac dans tous les sens du terme, qu'il se roulait par terre en contrition, pleurnichait, plaidait la bouffée délirante, la faim, la misère, proposait n'importe quoi, de chouffer gratos, de dealer sans commission, de lui donner sa moto, voire de lui tailler une pipe puisqu'on murmure qu'il aime ça, il ferait quoi, le semi-grossiste diarrhéique ? Il lui péterait la gueule ? Il lui mettrait carrément le calibre sur la tempe ? Ou alors il dirait « O.K., c'est pas grave Rico. On est des vieux collègues après tout, on jouait au ballon minots, tout le monde peut faire une connerie... »

Dans le miroir de la cabine, il se voit transpirer à grosses gouttes et s'éponge le front de la manche de son anorak de retraité. Si ça se trouve, Mourad lui a refilé sa gastro. Ça lui irait bien, ça, comme châtiment : « Écoute, Mourad, tiens, le voilà ton shit. Désolé pour le dérangement. Mais j'ai chopé ta gastro dans la foulée. Tu vois, je suis déjà bien puni. Allez Mourad, sans rancune et à la prochaine ! » Il rit d'un rire de dément, s'arrache littéralement les cheveux, se frappe le haut du crâne du poing. Lorsque la porte automatique s'ouvre sur le rez-de-chaussée, il traverse le hall comme un condamné à mort s'avance vers le peloton d'exécution. C'est sûr, l'autre enculé a déjà prévenu les guetteurs par téléphone, ou d'autres « soldats » encore plus méchants que ces ados pourtant déjà bien givrés. Et ils l'attendent devant l'immeuble. C'est comme ça que ça se termine pour Rico. À son enterrement, Donadini père, entre deux sanglots, dira qu'il l'avait bien prévenu. Qu'il avait prédit que toutes ces conneries, que tous ces trafics, ça finirait mal... Et les tantes, les oncles et les cousins hocheront gravement la tête pendant qu'on descendra son cercueil dans le trou : le Rico, il allait bien réussir à se foutre dans une vraie grosse embrouille un de ces quatre matins. *Chi cerca, trova.*

Mais non : comme d'hab, les mecs le regardent passer depuis leur canapé défoncé près des boîtes aux lettres et poursuivent leur conversation d'auxiliaires du grand banditisme en slurpant des Capri Sun. Le papy au cabas plein de légumes et de 15 000 balles de teuch, ils s'en branlent comme de leur premier survêt à trois bandes. « Oh l'ancien ! » il entend pourtant derrière lui et son cœur qui battait la chamade s'arrête pratiquement de fonctionner. « Wesh ! Vé-le, lui, avec son poireau qui dépasse ! Oh l'ancien ! Tu voudrais pas un peu d'herbes de Provence pour mettre dans ta soupe de légumes ? » Et ils se marrent comme des baleines parce qu'ils trouvent ça désopilant : des herbes de Provence pour la soupe, ho ho ho ! Il ne répond pas, ne se retourne pas, et poursuit son chemin jusqu'à l'arrêt du 96.

« Wallah, te fatigue pas, je le connais bien, ce vieux. Il est plus sourd que ma grand-mère, celui-là », il entend encore, et les choufs se bidonnent de plus belle.

*

Assis sur le banc tagué de l'Abribus aux vitres explosées, Rico observe quatre types en sweats à capuche de l'autre côté du boulevard pratiquement désert à l'heure du déjeuner. Des jeunes, la vingtaine tout au plus. Il n'entend pas ce qu'ils se racontent, ils sont trop loin, mais ça a l'air de chauffer pour l'un d'entre eux, qui fait de grands gestes comme pour dire : « Oh, mais calmez-vous les gars, c'est pas moi, j'y suis pour rien ! » ou une excuse du même acabit. Mais les autres n'ont pas l'air de le croire, pensent plutôt que c'est lui, qu'il y est pour quelque chose, et font aussi de grands gestes mais pas les mêmes. Ils se rapprochent de lui, l'encerclent, le poussent de l'épaule et du plat de la main. Puis ça semble se calmer, les trois premiers types s'éloignent – ça n'était peut-être vraiment pas lui, après tout, simple malentendu, ciao et sans rancune –, puis reviennent brusquement. Une balayette vicelarde plus tard, le mec est au sol et ils se mettent à le cogner.

Recroquevillé sur son banc, le cabas pressé sur les genoux, Rico est sidéré par le déchaînement de violence. Il en a vu d'autres, parce qu'on ne mène pas la vie qu'il mène sans en avoir vu d'autres, mais rarement des comme ça. Ils l'explosent à coups de Nike Requin dans la tête, dans le dos, dans les jambes, dans le ventre, dans les couilles...

Aucune retenue. De la haine pure. Le gars se roule en boule, hurle de douleur. Le sang gicle. Et ça dure jusqu'à ce qu'il ne crie plus, qu'il devienne tout mou sur son trottoir, mais ils continuent pourtant. Il est peut-être déjà cané. On ne peut pas s'en tirer, d'une raclée pareille, c'est pas possible. Des voitures qui passent klaxonnent, une femme en hidjab gueule à travers la vitre baissée de sa Mégane qu'elle va appeler les flics, mais personne ne s'arrête. Qui s'arrêterait ? Rico, lui, voudrait être ailleurs ou alors invisible. Les trois types s'éloignent enfin. Leur colère doit être retombée parce qu'ils se marrent maintenant, mimant l'action comme s'ils sortaient du cinéma. Ils marchent encore quelques mètres quand l'un d'eux revient sur ses pas, décoche un ultime coup de tatane dans le crâne du type qui roule comme un pantin désarticulé dans le caniveau.

Le 96 arrive enfin, les portes en accordéon s'ouvrent et Rico monte à bord, livide. Il valide son ticket.

IX

Le tabassage de l'Abribus a empêché Rico de trouver le sommeil. Toute la nuit, il s'est tourné et retourné sur son matelas, s'imaginant rouler à son tour dans la rigole la gueule en sang et les viscères éclatés. Il a aussi été tenté de se saouler, de s'abrutir complètement, ce qui n'aurait pas été illégitime en l'espèce, mais s'est retenu parce qu'il s'est figuré qu'il valait mieux garder les idées claires. Il s'est juste roulé des pétards légers en cascade en écoutant *King Arthur* de Purcell aux Nuits de France Musique, expliquant, entre deux arias, le tragique de sa situation à un rat de moins en moins farouche. Il a même déposé une assiette de riz sans poison dans le couloir, que la bestiole est venue grignoter sous ses yeux comme un animal de compagnie. « Ti'es tranquille, toi, hein ? Tu t'en tamponnes bien les glaouis, des embrouilles des humains... Un peu de riz dans un plat, paf, ti'es content ! Ti'as tout ce qui te faut ! » il lui a gentiment reproché en l'observant mastiquer en remuant la queue de satisfaction (si c'est bien ce que ça signifie chez les rongeurs, le caninocentrisme valant bien l'anthropocentrisme au royaume des raccourcis).

Dans la vie, on fait parfois des trucs spontanés, on saisit les opportunités, et ça peut mal finir comme ça peut bien tourner. Est-ce qu'il n'a pas simplement imposé sa chance et serré son bonheur, après tout ? Est-ce qu'il n'a pas joyeusement gambadé vers son risque, Mourad et son gang étant censés s'y habituer en le regardant faire ? Arf, tu parles d'une philosophie à la con ! Des teigneux des quartiers, il n'a pas dû en rencontrer beaucoup, le poète résistant. Même chez les Boches... « Oh René, sans déconner, ti'arrêtes un peu ton Char ! » il lui dira s'il le croise en enfer.

*

La journée avance pourtant sans nouvelles, bonnes ou mauvaises, et Rico commence à changer de perspective. « S'ils devaient vraiment se rendre compte de l'embrouille, ça serait déjà fait, non ? Il y aurait déjà trois ou quatre mastards en rogne derrière la porte ou, au minimum, des promesses d'égorgement sur la messagerie du portable, il raisonne : c'est des méchants, on est d'accord, mais c'est d'abord des brêles, ou alors un tocard dans son genre n'aurait jamais pu improviser un coup pareil. On ne devrait jamais sous-estimer la connerie ! Est-ce qu'ils savent compter, au moins ? Au collège, cet empaffé de Mourad, c'est tout juste s'il savait écrire son nom sans faire de fautes. Alors faire une soustraction... »

Reste la question de la réalisation de ses actifs, comme disent les gestionnaires de fortune. Un kilo et demi de shit, ça ne s'écoule pas en cinq minutes. En tout cas pas auprès de sa minuscule poignée de clients. Depuis sa paillasse, il jongle avec les savonnettes brunes dans leur emballage transparent, les assemble en une petite pyramide qu'il démolit d'une pichenette, teste d'autres figures géométriques – cercle, carré, rectangle, losange –, mais aucune solution pratique n'émerge magiquement de ses manipulations : il est assis sur un tas d'or dont il ne peut rien faire. Un peu comme ces braqueurs infoutus d'écouler leurs biftons numérotés dans les films de gangsters. Et encore, ceux-là, ils peuvent toujours les blanchir au casino et prendre du bon temps dans la foulée. Voire les céder à un fourgue contre une commission. Mais lui n'a pas ces options : s'il s'amusait seulement à jouer les semi-grossistes à son tour, même discrètement, en alimentant quelques confrères du commerce de détail, il ferait les gros titres de *Dealer magazine* dans l'heure qui suit : « Rico Donadini, modeste épicier de quartier, ouvre un hypermarché du côté de l'Hôpital européen ! » Retour à la case tabassage/égorgement. Le Marseille du chichon, c'est juste un gros village où tout le monde connaît tout le monde et où tout le monde espionne tout le monde.

*

Sorti s'aérer la tête, il dépose une pièce d'un euro dans la sébile d'un SDF plongé dans un magazine de mots fléchés et bavarde avec lui cinq minutes. Toujours de bonne humeur, ce mec-là. Ça doit bien faire dix ans qu'il est tanqué sur les mêmes marches d'escalier été comme hiver avec son petit Eastpak de collégien, son sweat de l'OM et ses canards de jeux, et ça intrigue Rico. Ils doivent avoir le même âge, à vue de nez, mais le gars n'a pas l'air spécialement cassé par la vie – propre sur lui, une raie sage sur le côté, rasé de frais –, ou en tout cas pas davantage qu'un dealer-voleur-chiffonnier constamment sur la brèche et à deux doigts de se faire fumer par un gang de narcos ; juste un type qui a décidé d'attendre tranquillement que ça se passe et pour lequel ça semble ne pas se passer trop mal. Clodo, ça n'est peut-être pas un si mauvais plan. Kerouac les disait parfois célestes.

« C'est pas le paradis, faut pas trop se la raconter, mais, c'est sûr, il y a aussi des bons côtés. Personne pour me casser les couilles, je fais ce que je veux, il répond lorsque Rico s'enquiert des spécificités de son *lifestyle* : les maraudeurs des Restos du cœur m'apportent à bouffer et des fringues à heures fixes, je vais prendre des douches et voir le toubib au Secours catholique quand j'en ai besoin. Je manque de rien en fait... Et là, maintenant qu'il refait beau pour de bon, je trouve toujours un coin avec pratiquement dégun où dormir du côté des plages du Prado ou de la roseraie du parc Borély. C'est juste l'hiver que ça craint, quand il y a du mistral et que je suis forcé d'appeler le 115 et de passer la nuit avec des alcoolos, des junkies et des schizos dans un foyer crasseux pour pas me choper la pneumo.

— O.K., mais ça fait des années que je te vois là, tous les jours, toute la journée, toujours au même endroit. Ti'as pas envie de te bouger parfois, de faire des trucs ? »

Le mec ferme les yeux, prend une profonde inspiration parce qu'il semble avoir envie de réfléchir sérieusement à la réponse qu'il va fournir, comme s'il ne s'était jamais posé une question pareille lui-même :

« Hum, je me mets ici parce que c'est un bon spot pour la manche, entre le distributeur de biftons, la boulangerie et le tabac. Les gens retirent du blé et culpabilisent en me voyant sur mon trottoir ou ont de la petite monnaie dans la main après avoir pris des clopes et un pain au chocolat et ils la lâchent facilement. Ça marche mieux que la sortie des églises, où y a pas tout le temps du monde, surtout en semaine. Mais pour être honnête, non : me bouger, " faire des trucs ", comme tu dis, je m'en branle la nouille d'une force ! Ti'as pas idée... Je vois tous ces gens qui courent dans les rues, qui ont des projets, des obligations, un patron, un loyer, des papiers à remplir, des factures et des impôts à payer, des minots à torcher, toutes ces conneries de la vie normale, ça me donne pas envie...

— Ah, effectivement, je voyais pas ça comme ça. Ti'es une sorte de moine bouddhiste finalement...

— Hé hé hé ! Pourquoi pas... Moi non plus je le voyais pas comme ça. Alors, Hare Krishna, collègue ! Tu diras à Bouddha que tu veux tester la vie de SDF au prochain tour de manège toi aussi ! »

Rico est tenté de lui expliquer qu'hindouisme et bouddhisme sont effectivement des religions cousines mais divergent sur de nombreux points fondamentaux, à commencer par les questions de la réincarnation et de l'existence d'un dieu personnel, puis se ravise. Il lui lance juste un petit « *namasté* » orientalement œcuménique et reprend sa route vers le Vieux-Port, une Marlboro au bec et les mains dans les poches.

Mais l'échange se poursuit toutefois dans sa tête et sans l'aide d'un interlocuteur : « Bientôt soixante balais et j'ai rien construit, j'ai rien produit, j'ai rien réussi... Si on me demande ce que j'ai fait de ma vie, j'ai pas grand-chose de plus à montrer que ce mec sur son trottoir. Tiens, si j'avais eu un minot, au moins j'aurais pu dire que j'ai contribué à la survie de l'espèce. Même les amibes se reproduisent, putain ! Argh, *même le cancer* ! Mais non, j'ai même pas été foutu de faire ça... » Un gosse, ça aurait pourtant pu arriver. Ça n'était pas passé loin : avec Bogdana la Bulgare, par exemple, qui s'était retrouvée en cloque lorsqu'ils vivaient ensemble à Paris, mais qui avait fait une fausse couche à cinq mois et l'avait largué en sortant de l'hôpital parce qu'elle en avait ras-le-cul de la vie de merde qu'il lui offrait. Parce qu'elle ne s'était pas échappée de son pays en noir et blanc pour élever un minot dans un meublé sordide ou dans un squat avec un branleur marseillais au loO.K. de mannequin mais sans avenir. Autant rester à Plovdiv et s'y trouver un gentil petit apparatchik moche mais bien connecté, à ce compte-là.

C'était à cette époque qu'il s'était mis à picoler pour de bon.

*

Ses pas ont d'abord porté Rico jusqu'à la Corniche, puis jusqu'à Notre-Dame de la Garde par les petites rues en escaliers du Roucas Blanc, pissant à l'occasion sur les murs dégoulinant de glycines et surmontés de tessons de bouteilles et de barbelés des baraques de bourgeois. Il a fait le tour du parvis de la basilique pour profiter du panorama à 360° sur la mer et les collines, s'est roulé un joint devant des touristes japonais qu'il a dû envoyer chier parce qu'ils trouvaient qu'il faisait couleur locale et voulaient se prendre en selfie avec lui, l'a fumé affalé sur une glissière de béton, puis est entré dans l'édifice romano-byzantin aux parois tapissées d'ex-voto remerciant la Bonne Mère pour son intervention dans le sauvetage inespéré d'un matelot naufragé ou le rétablissement inattendu d'un syphilitique. Il s'est payé un énorme cierge rouge à cinq euros, qu'il a placé tout en bas du brûloir métallique à étages au cas où la Bonne Mère privilégierait les problèmes des humbles sur ceux des ostentatoires, ce qui serait assez dans son genre, et s'est fendu d'une prière maladroite de catholique culturel en rupture de ban. Il a promis de s'amender, de se remettre illico dans le droit chemin s'il sortait de cette histoire par le haut ; s'il échappait à Mourad, s'il trouvait un plan rapide pour son stock de chichon et, pendant qu'on y était, s'il pouvait gagner son procès contre la foncière et conserver son appartement.

De retour sur le parvis, il a aussi envisagé d'enjamber la balustrade pour aller s'exploser sur les rochers, ce qui aurait encore plus sûrement résolu l'ensemble de ses problèmes d'un seul coup d'un seul, mais s'est ravisé en revoyant baguenauder les photographes japonais en quête de pittoresque pour leurs comptes Instagram. Le suicide, à vrai dire, c'est une idée qui lui traverse régulièrement le teston. Fermer les yeux, en finir avec toute cette merde, arrêter de gamberger, se reposer pour de bon... Mais même dans les pires moments, c'en est toujours resté au stade de la spéculation et de l'hypothèse. Et puis, qui s'occuperait des commissions de son paternel, lui parti ? Et qui livrerait leur shit à Laetitia et à Virginie, ha ha ha ? Non, ces deux connasses, elles se trouveraient rapidement un plan B. Il ne leur manquerait pas longtemps, le vieux dealer en santiags... Ou alors, quitte à tirer sa révérence prématurément, et plutôt que de s'écraser inutilement telle une grosse merde anonyme sur un rocher, il pourrait toujours faire un coup d'éclat, laisser une trace, comme ces types qui perdent la boule un beau matin et prennent des otages à Pôle emploi ou à la CAF, tombent sous les balles de la BAC et permettent à tout un tas de crânes d'œuf d'y aller de leurs analyses sociologiques ou psychologiques sur les motivations du désespéré dans la presse locale.

À Marseille, il y a régulièrement des drames bien gores que les spécialistes viennent commenter par la suite dans les journaux en fonction de leur orientation politique – comme quand ce type s'était immolé devant une caisse de retraite du 5e arrondissement parce qu'il stressait sur les modalités de calcul de sa pension, par exemple, et qu'on avait dit que c'était la faute du néo-libéralisme dans *La Marseillaise,* mais plutôt celle des lenteurs administratives et de la bureaucratie dans *La Provence.* Mais bon, ça n'est pas si facile, de s'auto-euthanasier pour dépression. Si ça l'était, beaucoup plus de gens le feraient. Ça serait l'hécatombe.

*

Rico en est là de ses cogitations kamikazes, lorsque son téléphone s'anime et c'est Emmanuel, qui a besoin de se refournir en teuch et propose de lui payer un coup pré-transactionnel au Café de l'Abbaye, à Saint-Victor, s'il est dispo. Sauvé par le gong! Ou plus spécifiquement par le shubang. À quoi ça tient, parfois... Il espère juste que le coup de fil providentiel n'arrive pas par l'intercession de la Bonne Mère – ou du moins qu'elle prévoit de passer encore un peu de temps sur son dossier si c'est le cas. Elle n'aurait vraiment fait que le service minimum.

*

« Ben dis donc, ça n'a pas l'air d'aller fort, remarque un Emmanuel en bermuda, chemisette à motifs et tongs Havaianas, son uniforme de Marseillais honoraire, lorsque Rico le rejoint sur la terrasse du café une heure plus tard et qu'il lui commande d'autorité un ballon de rouge. Toi, t'as vraiment la tronche d'un mec qui a passé une mauvaise nuit...

— Ah bon ? Alors j'ai juste la tronche qui convient, parce que j'ai pas beaucoup dormi, effectivement...

— Merde, c'est le business qui ne va pas bien ?

— Oh, côté business ça va... D'une certaine façon, ça irait même *trop* bien. C'est ça mon problème.

— Hum, ça m'intrigue, ça, un business qui marche trop bien. T'as pas envie de me raconter ? J'irai rien répéter aux flics, promis ! il plaisante en remettant de l'eau dans son Ricard au risque de le noyer parce qu'il le boit encore comme un *estranger*.

— Pfff, non... Je préfère pas. C'est compliqué... »

Ils bavardent de choses et d'autres. Enfin, surtout Emmanuel, qui revient tout juste d'un séjour à Porto avec sa copine du moment, où il a loué un Airbnb avec vue imprenable sur le Douro dans le quartier historique de la Ribeira, et il a une valise entière d'anecdotes lusitaniennes à vider.

« C'était vraiment génial. On s'est bien éclatés. Tu connais un peu le Portugal, toi ?

— Non. J'aimerais bien. En fait, j'avais failli y aller il y a longtemps, mais ça c'est pas fait, alors non, je connais pas, malheureusement », il répond sans s'étendre, parce que, justement, la fois où il devait s'y rendre – une quinzaine d'années plus tôt, tout était arrangé, il avait les billets d'avion et tout et tout, et surtout l'invitation cordiale d'une petite lisboète à queue de cheval levée dans un bar de l'Escale Borély l'été précédent –, il s'était passé l'un de ces trucs foireux qui font l'ordinaire Rico-ien. Il avait fait un vol plané nocturne à moto sur l'autoroute nord, s'était fracturé le bassin, la clavicule, quatre côtes et avait même laissé trois dents dans l'aventure. Laquelle n'était pas intégralement négative pour autant, si on est cynique avec ce genre de choses, puisque c'est à la suite de cet accident qu'il s'était retrouvé officiellement invalide à 30 % et que la CAF avait rajouté un bada de 187,56 euros mensuels à son RSA de base. Mais bon, il n'a pas envie de raconter cette histoire, alors il répète juste : « Non, le Portugal je connais pas mais j'aimerais bien.

— La bouffe là-bas, mon pote, un régal ! Simple et sans prétention, mais super poissons... Ils auraient jusqu'à cent manières différentes d'accommoder le bacalhau paraît-il – grillé, pané, au four, confit, en accras, en rissoles... –, mais ça doit être un chouia exagéré, même si j'ai pas compté pour de vrai, ha ha ha ! Et le porto, mec ! Rien à voir avec la vinasse d'exportation qu'on te sert ici ! Et surtout, tout est hyper bon marché. Tu te fais des gueuletons pour des clopinettes. Même dans les restos de luxe !

— Ah oui, ça a l'air cool...

— Et puis, architecturalement, la ville est magnifique. Elle est construite sur les collines de part et d'autre du fleuve, les maisons anciennes sont recouvertes de faïence, il y a des petits trams jaunes à l'ancienne qui vont partout... Ça grouille de monde, les Portugais sont adorables, font la fiesta en permanence... Bref, gros dépaysement à seulement deux heures de vol. La vache, ça m'a bien vidé la tête et j'en avais besoin !

— Je vois bien. Enfin, j'imagine. J'ai tout de même vu des photos... »

Mais Emmanuel, qui n'est pas non plus complètement incapable de déchiffrer une atmosphère, finit par mettre ses émerveillements touristiques en sourdine et lâche : « Rico, mon pote, le prends pas mal mais tu sais ce qu'il te faudrait, là, maintenant, tout de suite, hein ? C'est rencontrer une nana avec qui faire un peu les quatre cents coups. Ça, ça te changerait les idées...

— Ah ouais ? Sans blague... Ti'as trouvé ça tout seul ? Tu devrais t'installer comme psychologue, je crois que ti'as du talent...

— Non, non, je déconne pas. Regarde : si tu te procures un vrai téléphone digne de ce nom à la place de ton vieil Alcatel pourrave, et il y en a de vraiment pas chers, pas la peine d'avoir un iPhone dernier modèle, je te montre comment ça fonctionne toutes ces applis, Tinder, Meetic, Adopte un mec, etc. En trois jours, garanti, tu croules sous les rendez-vous galants...

— ...

— Tiens, mieux encore, je te file mon ancien portable ! Il est encore parfaitement O.K. même si la batterie commence un peu à fatiguer. C'est pour ça que j'en ai pris un nouveau... Enfin, l'appareil photo est meilleur aussi : 12 mega pixels !

— J'y comprends que dalle à tous ces machins. Et ça me nifle, en plus.

— Bah, regarde : toute la journée, tu livres ton shit, tu vends tes fripes... T'es constamment la tête dans le guidon et toujours en train de faire les choses que t'es obligé de faire. C'est pas sain. Pas étonnant que tu déprimes! Pourquoi tu tenterais pas d'autres trucs, des trucs que tu ferais juste pour le plaisir? Tiens, t'aimes bien chanter, par exemple, faire ton Sinatra ou ton Placido Domingo : trouve-toi un groupe de gens qui chantent, une chorale... Tu dis que tu veux écrire des poèmes? Ben va dans des ateliers d'écriture. Toutes ces activités, c'est gratos. Il y a des centres culturels municipaux, des associations... Et puis là, tu rencontrerais sûrement des nanas sans avoir besoin d'un smartphone. Tu les choperais juste au "My Way" ou au "Nabucco"! »

Rico écoute Emmanuel, ce type qui fait du consulting à Paname, gagne assez de tunes pour s'être payé un pied-à-terre cosy à Endoume avec vue sur le château d'If en plus de son duplex à Bastille et passe son temps à faire l'aller-retour Marseille-Paris en TGV première classe, lui expliquer comment il pourrait faire pour que sa vie de plouc soit mieux. Il lui mettrait bien un bon coup de boule, tiens... Mais il voit aussi que ça part d'un bon sentiment, que le mec est sincère et bien intentionné, juste aussi déconnecté de la vraie vie que la centrale de Fessenheim du réseau EDF, comme il le lui a déjà répété soixante-douze fois. Alors il ne l'envoie pas chier, malgré son troisième et même son quatrième ballon de côtes-du-rhône.

« Mouais, je sais pas. Ti'as peut-être raison. Pourquoi pas après tout... On verra...

— C'est quand tu veux en tout cas, pour le téléphone et pour le stage de formation qui va avec... L'offre est permanente!

— Ti'es gentil, merci. Je vais y penser je t'ai dit. »

Au moment de se séparer, Emmanuel empoche l'addition en grand seigneur, la règle en liquide en maugréant parce que le café ne prend pas l'American Express, qu'il a oublié sa Visa, et qu'il devra repasser par un distributeur, et ils filent s'installer dans le petit square Bertie-Albrecht à la grille duquel le Parigot avait attaché son VanMoof pour y effectuer leur transaction illicite. Rico lui file son morceau, se montre plus que généreux, vu qu'il a tout de même du stock, empoche les cinquante balles quand le client lâche, antivol en main, après une brève hésitation : « Dis-donc, je sais que c'est pas trop ton rayon, mais j'ai une petite soirée en préparation avec quelques amis de Paris qui doivent descendre pour mon anniv...

— Ah ! Super, et donc ?

— Et donc j'aurais voulu autre chose que du teuch pour l'occasion, si tu veux...

— *Autre chose* ? Comme quoi ?

— Ben... Euh... Je pensais à de la poudre, de la coke, quoi... Oh, pas grand-chose. Juste de quoi se faire quelques rails à sept ou huit...

— Ah non ! Je touche pas à ça, moi.

— O.K., O.K.... Mais tu crois pas que tu pourrais te rencarder, juste pour cette fois ? Je sais pas du tout à qui demander ça, ni à Paris ni à Marseille...

— Ma foi, je peux toujours me renseigner à droite à gauche. Mais comme tu dis, c'est pas trop mon rayon. Y a les bouchers d'un côté et y a les poissonniers de l'autre, pour ainsi dire...

— O.K. d'acc. Je vois. Fais au mieux, hein... Et c'est pas dans la minute de toute façon : c'est pas pour ce weekend mais pour celui d'après...

— Je demanderai. Ça va te faire quel âge au fait ?

— Trente-neuf, mon pote ! Bientôt le franchissement du gros cap... On rajeunit pas, ha ha ha ! »

*

Ils se serrent la main, Emmanuel enfourche son vélo électrique design et démarre, direction son bel appart et, probablement, sa fameuse copine du moment. Rico, lui, redescends vers le Vieux-Port et son deux-pièces pourri, son rat, ses pensées suicidaires et ses égorgeurs potentiels. Passant devant les cafés à bobos friqués qui bordent la rue Sainte, où ça picole du rouge sans sulfites à 7,5 euros le verre et où ça grignote de la planche de charcuterie-fromage de petit producteur bio à 35 euros, il se dit d'ailleurs que la coke, c'est peut-être une opportunité de diversification qu'il aurait dû saisir depuis un bail, tout bien considéré. Ce public-là, il ne te demande pas de monter jusqu'à La Rouvière pour vingt balles, ça non ! Il allonge la monnaie sans barguigner. Le Manu en mal d'expérimentations psychotropiques, tiens, il ne lui a même pas posé la question du tarif ! Il s'en bat complètement les couilles. Mais bon, cette dope-là n'a jamais été sa came, si on peut dire. Pas le même délire. Pas les mêmes risques non plus, d'ailleurs, que ce soit côté flics ou côté fournisseurs. En cas d'embrouille, tu te retrouves vite en cabane pour dix ans ou ligoté dans le coffre d'une bagnole préalablement aspergée de SP95...

Enfin, d'un autre côté, avec le shit, par les temps qui courent, c'est pas tellement plus serein...

« Et l'autre enculé de sa mère qui pense que changer de téléphone et aller chanter à la MJC ça va transformer mon existence en jardin de roses... Mais tu crois qu'il m'aurait invité à venir m'en mettre un coup dans le nez avec ses potes à son anniversaire, au moins ? Va fancoule, ha ! Enculé ! » il grogne en éventrant un sac poubelle d'une pointe de botte de cow-boy en tournant le coin de la rue Breteuil.

X

Absorbé par le décapage d'un cuir récalcitrant mais à haut potentiel dans la cuisine, Cultures Monde en fond sonore, Rico n'a pas entendu les multiples appels en absence et les trois messages laissés par un numéro inconnu sur son téléphone. « Holà frère ! C'est Mourad, rappelle-moi dès que tu pourras steuplaît ! Fallait que je te parle d'un petit truc... » suggère le premier sur un ton neutre – juste un collègue qui en appelle un autre pour lui en narrer une bien bonne. « Hé ! Rico, la con de tes morts, tu me rappelles, oui ou merde ?! » s'exaspère toutefois le deuxième, enregistré une vingtaine de minutes plus tard (mais ça reste assez civil, vu l'enjeu putatif). « Putaiiiin Ricoooo ! La con de tes morts, aaah ! Tu crois que j'ai que ça à foutre de la journée, moi, de parler dans le vide ? Tu me rappelles fissa ou ma parole je vais te péter les chicots qui te restent encore ! » beugle carrément le dernier, et on n'est plus du tout dans la même ambiance de saine camaraderie virile.

Cornélien. « Si je laisse pisser, que je l'ignore, il va débarquer ici et on n'en passera peut-être même plus par la case conversation raisonnable entre gens de bonne volonté avant l'engatse, subodore Rico, blême, le téléphone dans une main, le blouson dégoulinant dans l'autre. Si je le rappelle, au moins je serai fixé. Parfois, il vaut mieux faire le canard que l'autruche ».

« Allô Mourad, c'est Rico ! Désolé, j'avais pas vu tous tes messages. Je faisais mes cuirs et je m'étais mis sur le vibreur. Tu voulais me parler d'un truc ? Ti'as l'air bien remonté, oh... Qu'esse y se passe ?

— Oh fatche, il me rappelle enfin, ct'enculé ! Quatre heures que j'attends ma parole ! Et la vie de ma mère, tu fais bien parce que j'allais plus tarder à t'envoyer la limousine avec chauffeur...

— ...

— Bon, alors, dis-moi, ti'aurais pas embarqué quelque chose en repartant d'ici l'autre fois, le dernier coup que ti'es venu toucher ? Le jour que j'étais malade ?

— Quelque chose ? *Quelle chose* ? Bah non... Je vois pas trop...

— Ah bon ? Ti'es vraiment sûr de toi ?

— Ben oui. Mais on parle de quoi au juste ?

— Wallah, *on parle de quoi au juste* ?! s'étrangle Mourad à l'autre bout du sans-fil avant de redescendre d'un cran et de proposer, presque cajoleur : écoute gros, là, je vois bien qu'on va pas pouvoir avancer. Le mieux, c'est que tu montes au quartier cet aprème et je t'expliquerai la situation en détail...

— Hum, cet aprème, ça va être chaud. Je sais pas si j'aurai le temps avec tout ce que j'ai encore à faire. Plutôt demain ou même après-demain si c'est possible... J'arrête pas, aujourd'hui !

— Oh mais dis, y va me casser les couilles longtemps, lui, à toujours parlementer ? Je t'invite pas pour prendre l'apéro, je te dis de venir, *khlass* ! Faut qu'on discute d'un truc important, mais pas au téléphone.

— Bon, O.K., t'énerves pas Mourad. Je vais essayer, alors...

— *Naadin* ! Non, non, non, tu vas pas *essayer*, tu vas *y arriver*, ou alors sur la tête de ma mère, ça va vite prendre des proportions...

— ...

— Et dis-moi, au fait, ton père, il est toujours au bâtiment D, onzième étage, deuxième porte à gauche ?

— Ben oui, toujours. Depuis pas loin de soixante ans, tu le sais bien. Pourquoi tu me demandes ça ?

— Pour rien. Comme ça, juste pour causer. Y a des gens qui changent d'adresse sans faire de pot de départ. Allez, à tout à l'heure ! »

*

Rico glisse le téléphone dans la poche arrière de son jean, frissonnant malgré la température d'étuve de son appartement, et laisse retomber le blouson dans la bassine avec un énorme splotch. La question sur son paternel était assez gros sabots : « Tu veux pas rappliquer tout seul comme un grand ? O.K., no problemo, on viendra te chercher nous-mêmes. Mais si d'aventure on te trouvait pas, on pourra toujours se rabattre sur ton daron. C'est à toi de voir ».

Toujours est-il qu'à ce stade, Mourad ne l'accuse de rien de concret. Il fait juste son Joe Pesci. Il doit être en train de gamberger, de mener sa petite enquête, et sans doute de mettre un coup de pression de la même eau à tous les gadjos qui ont eu le malheur de passer par sa boutique depuis qu'il s'est rendu compte qu'on lui avait carotté huit savonnettes de shit – si c'est bien de ça qu'il est question. Et de quoi d'autre, merde ? On lui aurait aussi chouré sa Playstation ? Empapaouté ses comprimés anti-diarrhéiques ? Le plus probable, c'est que Rico ne soit qu'un suspect parmi d'autres, même pas en haut de liste ; juste un demi-sel qu'on s'apprête à secouer par rigueur méthodologique plus que par intime conviction. Mais bon, ces investigations, ça dégénère souvent en interrogatoire au chalumeau, quitte à s'excuser platement auprès du mis en examen de lui avoir cramé les testicules une fois l'erreur judiciaire établie. Ou plutôt quitte à le découper en morceaux avant de les plonger dans du ciment frais sur un chantier par pures considérations pratiques. Les gens qu'on émascule sur un malentendu se montrent parfois suffisamment rancuniers pour aller baver chez les condés de leur voix de fausset toute neuve : « Bref, j'y vais et ils me fument ; j'y vais pas et ils me fument pareil. Pour être fixé, je suis fixé. Canard : 1. Autruche : 0. »

*

À califourchon sur sa moto arrêtée sur l'aire de repos du péage de Lançon-de-Provence, Rico fume une clope, souriant niaisement aux gendarmes désabusés qui distribuent des PV pour excès de vitesse derrière les barrières automatiques, inconscients du joli coup stup potentiel qui rendrait pourtant leur journée plus distrayante et leur prime au mérite plus pertinente. Il est officiellement en cavale mais n'a pas encore réellement déterminé où elle devait le mener. Sans doute à Paris, puisqu'il a pris la route vers le nord en quasi pilote automatique et que c'est la seule ville en dehors de Marseille où il ait quelques repères, même anciens désormais, mais il pourrait tout aussi bien bifurquer vers Barcelone ou San Sebastian à l'échangeur de Salon – pourquoi pas… Il a embarqué son stock de chichon mal acquis, enfoui à l'arrache entre quelques fringues de rechange dans ses sacoches, lequel devra lui servir de distributeur de billets ambulant car il est parti pratiquement sans pognon. Passer par le 15e pour vider la boîte de Quality Street aurait été trop risqué, tout comme proposer une offre spéciale à une paire de clients l'aurait dangereusement retardé pour pas grand-chose. Mais ce qui le surprend lui-même, c'est d'avoir l'incertitude absolue aussi sereine. Essentiellement parce que son paternel est bien au chaud chez les cousins des Pouilles et qu'il n'y pas péril en la demeure sur ce front-là (« bâtiment D, onzième étage, deuxième porte à gauche… La con de tes os, Mourad ! Ti'as pas de figure, ha ! Mon père, il te filait des pâtes de fruits et du Tang pour le goûter chaque fois que le tien partait en vacances aux Baumettes et c'était souvent ! ») Pour le reste, qui vivra verra…

Il écrase son mégot de Marlboro sur le goudron, balance la petite bouteille de Cristaline qu'il vient d'engloutir d'un trait au pied d'une poubelle, replace son casque sur son crâne, et appuie sur le bouton du démarreur. À l'approche de la sortie vers l'A57, il clignote à droite, s'engage même sur la bretelle, mais se ravise au tout dernier moment pour rester sur l'A7 – manquant de justesse de se faire écrabouiller par un semi-remorque polonais qui klaxonne longuement. Ça sera Paris, évidemment. Qu'est-ce qu'il irait bien foutre en Espagne ?

Trois heures et trois cents kilomètres plus tard, il fait son entrée dans Lyon, dos raide et doigts gourds, la Virago en fond de réserve. Ça suffira pour aujourd'hui. Il refait le plein à la station d'un hyper Leclerc, paye par Carte Bleue en priant pour qu'elle fonctionne parce qu'il ne sait plus exactement combien il lui restait sur son compte, qu'il maintient généralement au minimum même lorsqu'il est en fonds, de peur d'une incursion surprise du Trésor public pour une amende impayée ou une autre, puis remonte les quais du Rhône sans but précis. La capitale des Gaules, il ne connaît pas. C'est juste le gros patelin incolore où la plupart des trains pour Paris font une pause pipi (« Ding dong, Lyon Part-Dieu, Lyon Part-Dieu, cinq minutes d'arrêt, vérifiez que vous n'oubliez rien à bord ! ») et dont les supporters de l'OM haïssent l'équipe de foot presque autant qu'ils détestent le PSG, mais où l'on a rarement l'occasion de s'attarder lorsqu'on n'a pas un mini cartel aux trousses. Avisant un panneau SNCF, il traverse le fleuve au niveau du pont de la Guillotière, remonte quelques avenues proprettes bordées de marronniers, de bacs à compost, de bancs publics inclusifs et de pistes cyclables, et vient attacher sa moto à un arceau sur un terre-plein saturé de deux-roues devant la gare enchâssée dans son mini bouquet de gratte-ciel.

Ses sacoches jetées en travers de l'épaule à la John Wayne, Rico entre dans une brasserie au hasard, commande un ballon de rouge et explique au serveur qu'il a de l'attente entre deux trains et se demandait où il pourrait laisser ses bagages, histoire d'aller faire un tour en ville les mains dans les poches.

« Ben à la consigne SNCF, juste en face, dit le mec en posant le verre sur la table.

— Ah bon ? Ça existe encore, ces trucs ? À la gare de Marseille, ça fait des années qu'y en a plus.

— Ça, je saurais pas dire. Je m'y suis jamais risqué, à Marseille. C'est bien trop la zone à ce qu'on entend. Mais ici, oui, y en a toujours une, même s'ils l'ont condamnée un moment après l'attentat islamiste de la rue Victor-Hugo. Là, c'est sûr que c'est ouvert, en tout cas...

— Arf, cool alors ! Parce que je savais pas où planquer ma bonbonne de butane et j'étais bien emmerdé. Merci pour le tuyau de gaz ! »

Le loufiat ne répond rien et retourne astiquer des pichets derrière son zinc, d'où il examine le rocker sur le retour d'un œil perplexe, hésitant peut-être à passer un coup de fil aux flics juste au cas où il aurait un djihadiste phocéen ayant mangé un clown dans son rade. « Ha ha, paniquez pas, c'était juste pour rigoler, hein... J'arrive peut-être de la zone, mais j'ai pas vraiment une bombe à faire exploser, lance encore Rico depuis sa chaise.

— ...

— Enfin, disons que j'en ai pas *aujourd'hui* ! »

*

Dans la gare, il y a effectivement une consigne à casiers individuels à l'ancienne, mais que l'on n'atteint qu'après avoir permis à un vigile en uniforme d'enfourner ses bagages dans un gros scanner à rayons X. Trop risqué. Aller céder quelques barrettes à la sauvette dans des rues inconnues pour se faire de la fraîche, tout son stock sur l'épaule, ne l'est certainement pas beaucoup moins mais à la guerre comme à la guerre. Déambulant dans le quartier, il débouche sur un skate park où des ados sont occupés à faire des *ollies* de débutants – des lycéens propres sur eux, mèche sur les yeux, fringues de marque, genouillères de timorés et planches de luxe –, et il les observe un moment s'escrimer à franchir une bordure d'une dizaine de centimètres de haut sans se viander, puis s'approche d'un petit groupe et tente le coup :

« Oh les sportifs ! Y a encore un tout petit peu de boulot avant la qualif pour les J.O. on dirait... Vé, j'ai justement de quoi vous aider à améliorer vos performances planantes, si ça vous tente ! »

Mais les jeunes ne comprennent pas immédiatement ce que leur propose le vieux bonhomme à l'accent de Fernandel, qu'ils avaient d'abord pris pour un SDF ou un Gabriel Matzneff à catogan, et il est forcé d'être plus littéral :

« J'ai du teuch...

— ...

— Oh fan ! On parle en quelle langue dans ce pays ? J'ai du produit, du chichon, du haschisch... Du cannabis, quoi ! Top qualité, tarif étudiant... »

Ils hésitent, se mettent à l'écart pour conciliabuler, puis se cotisent pour lui prendre l'un des 50 balles qu'il avait préalablement conditionnés. Un quart d'heure plus tard, les skaters font carrément la queue devant son point de deal improvisé, argent de poche en main. « Lyon, ça m'a l'air d'être une sacrée ville de caves, se dit Rico. On n'aurait pas cru, avec tout ce qu'on entend sur leurs quartiers à la radio, les Minguettes, la Duchère... » Mais alors qu'il compte son pognon pendant un creux, un caillera en sweat à capuche, pantacourt et claquettes-chaussettes se pointe sur sa trottinette électrique en libre-service, les poings tout faits : « Wallah le cow-boy, qu'est-ce que tu viens bicrave ici, toi ? Et d'où tu sors, d'abord ? »

Pour toute son agressivité, c'est un petit modèle sous-alimenté, jambes et bras épais comme des allumettes, joues grises et creuses sous le capuchon noir, et Rico préfère prendre l'interruption à la rigolade :

« Oh gari, c'est ta propriété privée, le skate park ? Déstresse un peu, vaï ! C'est une installation commerciale temporaire de toute manière. Je fais mon biz rapido et je te rends les clefs, promis. Je suis juste en transit.

— La tête de ma mère, mais comment tu me parles, toi ? J'en reviens pas ! Je vais te niquer, espèce de bâtard !

— C'est ça, minot, tu vas me niquer. Mais il va falloir manger plus de soupe avant de pouvoir me faire vraiment mal au cul. En attendant, respecte un peu les anciens... »

Fou de rage, le gars balance sa trottinette à terre et se rue sur Rico, les sacoches dans le collimateur, lequel le repousse sans effort d'un revers de main et l'envoie s'exploser sur un tremplin de béton, plus vénère que jamais : « Wallah, enculé de ta mère ! Fils de chienne ! Ici c'est chez nous ! » Il se redresse, s'essuie les fesses, crache sur le sol, remonte sur son engin et détale mais c'est plus sûrement pour aller rameuter son gang que parce que sa maman l'attend pour le potage qui fait grandir.

Prudemment, Rico décide d'en rester là. Il a déjà fait le plein de toute manière : six barrettes à 20, trois morceaux à 50, et les lycéens n'ont plus un rond. Il se tire aussi.

*

Il n'y a pratiquement que des hôtels de rupins à 200 euros la nuit minimum dans les environs mais, pugnace, il finit par dénicher une pension crade où passer la nuit dans une ruelle pavée. Un boui-boui tenu par un skinhead tatoué de la tête aux pieds comme un yakuza qui lui demande de payer ses 43 balles d'avance (et en liquide « car j'ai pas la machine ») avant de lui filer la clef d'une petite chambre défraîchie du quatrième étage sans ascenseur avec lavabo privé, mais douche et toilettes communes sur un palier aussi encombré de bric-à-brac que celui de son propre appartement. Rico se jette sur le lit sans se déchausser ou même enlever son Perfecto, allume la télé vissée au mur avec une télécommande retenue par une chaîne à la table de nuit, et regarde défiler des vidéos de rap sur M6 Music en fumant des clopes et des pétards dont il écrase les mégots dans le cache du détecteur de fumée transformé en cendrier faute de mieux.

La petite icône en forme d'enveloppe clignote furieusement sur l'écran de l'Alcatel posé sur l'oreiller, mais il n'est pas pressé d'écouter ses messages, présumant que les bonnes nouvelles ne se bousculent pas sur la boîte vocale. Lassé par les clips de rageux et zappant au hasard, il s'arrête un temps sur un documentaire du National Geographic où une lionne est en train de déchiqueter un gnou encore vivant sous le regard adéquatement bovin de ses congénères, lesquels pourraient pourtant pulvériser la reine de la jungle à coups de cornes et de sabots s'ils avaient seulement un peu de suite dans les idées, et ça heurte son bon sens. Mais c'est qu'ils n'ont pas lu le *Discours de la servitude volontaire* – qui postule qu'aucun tyran ne domine jamais une société sans la coopération active de ses membres –, et ça le rend plus indulgent.

La lionne repue, Rico zappe à nouveau puis éteint la téloche, gavé lui aussi, et compose enfin le numéro de sa boîte vocale : Emmanuel lui demande où il en est de son plan coke (car la fiesta anniversaire approche à grands pas) ; son paternel lui donne des nouvelles des cousins (il fait grand beau sur l'Adriatique, « *stanno tutti bene !* ») ; Virginie, Laetitia et deux ou trois autres pigeons réguliers passent commande dans le vide (et menacent d'aller tester la concurrence comme d'hab) ; Mourad promet sur le Coran de la Mecque de lui arracher les couilles (à cinq reprises et selon cinq méthodes différentes. Dans son sixième message, il ne dit plus rien du tout, on l'entend juste souffler bruyamment comme un emphysémateux en détresse respiratoire) ; enfin, l'avocat confie qu'il a eu un écho anticipé du jugement *via* une amie greffière, et que ça ne sent malheureusement pas très bon (« mais encore rien de définitif toutefois, restons positifs, je vous tiens au courant »)...

Il ne rappelle personne. Il textote juste à son père que tout va bien aussi côté Méditerranée – en dépit d'une agaçante pointe de mistral, il ajoute pour le détail qui fait vrai – puis s'endort sur sa couverture orange en acrylique constellée de brûlures de cigarettes.

*

Lorsque Rico se réveille, il est déjà 21 heure et il a une dalle d'enfer puisqu'il n'a rien avalé de consistant depuis son départ de Marseille. Il envisage un instant de planquer son trésor au THC sous le matelas ou sur l'armoire avant d'aller faire un tour, se dit que ça n'est sans doute pas une trop bonne idée dans un bouge pareil, et descend s'acheter un kebab chez le Turc qu'il avait repéré une rue plus loin, ses précieuses sacoches à la main. Sur la devanture du Lumière Fourmi, le petit cinéma d'art et d'essai devant lequel il passe en engloutissant son sandwich dégoulinant de sauce blanche, une affichette indique que *Macadam Cowboy* commence cinq minutes plus tard ; il achète un billet et s'installe dans une salle aux trois quarts déserte, les tiags croisées sur le siège de devant.

C'est un film qu'il déjà vu une dizaine de fois au moins mais il ne s'en lasse jamais. Il y a trop de choses qui le remuent dedans : rêves de gloire et espoirs déçus sur décors urbains sales de poubelles qui débordent et d'immeubles insalubres qui s'écroulent. La version de New York qui ressemble à Marseille. Et il y a l'époque aussi. Une époque sans ordinateurs, internet, mots de passe ou téléphones portables, même si ça n'est pas exactement sa décennie de référence. Dans le temps, il en pinçait pour Joe Buck, qui n'est pas très borsalinesque en idiot du village prétendant conquérir Manhattan et finissant par faire le trottoir, certes, mais dont il apprécie le physique avantageux, le loO.K. western et l'opiniâtreté innocente. Il se sent plus proche de ce déglingué de Rizzo, désormais. La scène finale de l'autocar lui tire même quelques sanglots et il se mouche bruyamment à plusieurs reprises, un cinéphile à lunettes lui adressant des « chut ! » agacés de l'autre bout de la salle jusqu'à ce que Rico ne l'envoie chier en mode poissonnier phocéen en colère (« Oh, mais qu'esse il a, lui, à me casser les couilles ? Ti'es pas content ? Ti'as un problème ? Ti'es pas sur ton canapé, ici ! 'Culé, ah ! ») et que le chatouilleux se ré-enfonce presto dans son fauteuil.

*

Le lendemain, Rico a libéré la chambre après avoir pratiquement roupillé tout un tour de cadran. Il a chopé un pain au chocolat et un café dans un gobelet en carton à la boulangerie en guise de petit déjeuner, et a fait l'emplette d'une petite radio FM vendue dix euros tout ronds avec ses écouteurs dans un bazar. Une bricole en mauvais plastoc dont le son n'est pas terrible, mais qui devrait faire l'affaire pour les émissions de parlotte à défaut d'être adaptée à la grande musique (Radio France est de nouveau opérationnelle, a annoncé la télé de l'hôtel, les diverses catégories de personnels en colère ayant obtenu satisfaction). Et, cerise luddite sur son gâteau technophobe, elle fonctionne avec de banales piles AA plutôt qu'avec un chargeur USB.

À la Part-Dieu, la moto est toujours en place au milieu de ses cousines, ça n'était donc pas un mauvais spot. Avec les gares, on ne sait jamais. C'est toujours un peu du quitte ou double. Il est d'ailleurs en train d'accrocher ses sacoches à la selle lorsque la racaille malnutrie de la veille se matérialise sur son fidèle destrier électrique à l'autre bout du parvis, gueule un truc incompréhensible dans sa direction, et disparaît aussitôt derrière un immeuble. Quelques secondes plus tard, c'est un gang au complet de trottinetteurs hurlants qui fond sur lui à 25 km/h. Rico enfourche la Virago, met le contact, monte le bras bien haut, poing fermé, majeur relevé, et démarre.

Optimistes, ou manquant de réalisme, ils se lancent pourtant à sa poursuite mais lâchent enfin l'affaire lorsqu'il traverse le Rhône au pont Wilson en grillant un feu et vient s'insérer dans le trafic sur le quai Jules-Courmont. « Jean-Michel Aulas-euh, oh grosse pétasse-euh, j'ai bien tout cassé chez toi ! » il entonne, surexcité, à la façon d'un ultra de la tribune Jean-Bouin du stade Vélodrome. À un livreur UPS à casquette qui le regarde bizarrement de derrière le volant de son Jumpy sur la voie parallèle, il fait à nouveau un doigt et lance : « Allez l'OM ! » Il cabre la Virago, manque de déraper lorsque que la roue avant retombe lourdement sur le bitume, mais rattrape le coup et accélère à fond. « Paris, Paris, on t'encule ! » il brame encore au premier panneau indiquant la sortie vers l'A6 et la capitale.

XI

Rico jette enfin l'ancre sur un trottoir de la place Pigalle, juste en face des Folies éponymes, et s'étire à la Baloo contre une colonne Morris après avoir retiré son casque et lissé ses cheveux trempés de sueur du plat de la main. Pour la Virago autant que pour son pilote, rarement sollicités à ce point, les derniers deux cents kilomètres auront été les plus pénibles et il leur a fallu faire étape dans pratiquement toutes les stations-services de l'A6 pour s'éviter la surchauffe à l'une comme à l'autre.

Sur un boulevard de Clichy radicalement « requalifié », où la plupart des bars à putes et des boîtes à musique de ses années parisiennes semblent avoir été transformés en repaires d'électeurs EELV (même le New Moon, qu'il fréquentait davantage pour le biz que pour la scène, est devenu une franchise Bio c' Bon), il évalue ses chances de dénicher un hôtel dans ses moyens et les juge bien plus minces encore que dans le centre de Lyon. Mais Paris sera toujours Paname et il n'a pas besoin de s'enfoncer très profondément dans les rues adjacentes pour tomber sur un zéro étoile à l'ancienne – mi-hôtel de passe, mi-EHPAD officieux pour retraités maghrébins de l'industrie automobile – où se poser sans faire sauter la banque. Quarante-cinq balles en moins et une douche à la pression anémique plus tard, il s'enfonce voluptueusement dans des draps rêches et un sommeil de plomb.

Au réveil, stimulé tactiquement par un cône maousse, il procède à la division en trois tiers approximatifs de son stock de chichon, planquant le premier derrière l'une des dalles en polystyrène du faux plafond, enfouissant le second à l'intérieur du sommier à ressorts préalablement incisé à l'Opinel, et plongeant le troisième (rendu waterproof par le sac en plastique de la poubelle de la salle de bain), dans l'antique citerne suspendue des toilettes. Il retourne alors place Pigalle récupérer la moto que la réceptionniste antillaise lui avait amicalement suggéré de parquer dans la courette de l'hôtel, avec la sienne et les poubelles, plutôt que dans la rue vu que, « dans ce quartier, on ne sait jamais », et son univers s'écroule soudain car elle a disparu, justement : un enculé de sa race de fils de pute de putain de sa mère lui a niqué la prunelle de ses yeux pendant la sieste.

*

Mais du banc sur lequel il s'est lourdement laissé tomber pour mieux se prendre théâtralement la tête dans les mains, Rico remarque qu'un camion de la fourrière est en train de faire une razzia sur les deux-roues de l'autre côté du boulevard, et l'espoir renaît aussitôt.

« Oh hé, z'auriez pas embarqué ma moto par hasard ? Oui, oui, putain, il m'a pris ma moto, ct'enculé ! Ho ! Gari, c'est ma moto que ti'as pris, là ! il glapit en galopant vers l'opérateur en gris de travail et gilet jaune, concentré sur le délicat transfert d'un énorme scooter BMW à chapiteau vers le plateau du camion avec sa grue télécommandée. Mais enfin, pourquoi vous avez fait ça, bordel de merde ? Qui elle gênait, d'abord ? Hé ! Vé, elle gênait personne, là, putain !

— Ben ouais m'sieur, elle était garée sur le trottoir, votre moto. C'est interdit. C'est suffisant pour qu'on l'embarque...

— Et mon vier, hé, il fait cent mètres de large, votre trottoir... Vous avez vraiment que ça à foutre, d'emmerder le monde ?

— Eh oh, on se calme monsieur ! Je fais juste mon boulot. Mais vous sortez d'où ?!

— D'où je sors ? Fatche de con ! Pas d'ici en tout cas, heureusement... Mais franchement, je savais pas. J'arrive tout juste de Marseille. 13 ! Bouches-du-Rhône ! C'est marqué sur ma plaque ! »

Il plaide la bonne foi naïve du provincial ignorant des usages de la grande jungle urbaine (« Chez nous, sur les trottoirs, c'est toléré. On se ferait jamais embarquer la moto pour si peu, ça serait vite la révolution ! Et puis y avait même pas de panneau... Y aurait eu un panneau, vé, je me serais pas mis là, je suis pas fada ! »), explique à quel point ça va être la galère pour lui s'il doit aller la récupérer à PétaouchnO.K., que ce soit pour s'y rendre, maintenant qu'il n'a tautologiquement plus de moyen de transport, ou pour le pognon que ça va fatalement lui coûter, car il est au

RSA. Empathique, le type semble vaciller un instant mais demeure intraitable, d'autant plus qu'il lui faudrait d'abord décharger une bonne demi-douzaine de bécanes pour lui rendre la sienne si ça n'était pas rigoureusement interdit par la procédure de toute manière.

« Bon, O.K., concède Rico, résigné : et je fais quoi maintenant, alors ?

— Ben vous téléchargez l'appli de la préfecture, ça vous dira où on va la déposer. Faut toujours vérifier avant car on en a un peu partout, des fourrières...

— L'appli, l'appli, putain, toujours ces putains d'applis de merde ! Et si on n'a pas de smartphone, comment on fait ?

— Ah !... Euh... O.K. Il y a aussi un numéro où vous pourrez vous renseigner dès demain matin. Je peux vous le donner si vous le connaissez pas. Vous avez au moins des téléphones pas smart, dans les Bouches-du-Rhône ?

— Oh ! Fan des pieds, je sens que va être compliqué cette affaire... Écoutez, vous pouvez pas juste me dire où vous allez la mener ? Vous devez bien le savoir, maintenant que votre remorque est pleine à ras bord », il dit en désignant le plateau, sur lequel on ne caserait effectivement même plus une trottinette électrique de dealer lyonnais à capuche.

« Hum, ça non plus j'ai pas le droit, désolé. C'est pas possible, répond le mec qui grimpe dans sa cabine, met le contact et démarre. Je vais à la préfourrière de Pantin, il lance pourtant à travers la vitre ouverte : c'est là qu'elle devrait être d'ici une petite heure, votre moto !

— Pantin ? Mais où ça à Pantin ?

— La préfourrière de Pantin, elle est pas à Pantin ! Elle est dans le 19e en fait. Vous prenez le métro ligne 5 direction Bobigny, vous descendez à Hoche, puis ce sera à même pas dix minutes de marche.

« Merci merci, hurle encore Rico en direction du camion, déjà engagé dans la circulation : Et c'est à quelle adresse ? C'est quoi l'adresse *exacte* ?

— Ha ha ha ! 15 rue de la Marseillaise, figurez-vous ! Vous serez pas trop dépaysé ! »

*

Réalisant que la fourrière n'était pas le pire endroit où mettre temporairement la Virago à l'abri des convoitises, Rico a préféré ne pas aller la réclamer immédiatement à ses kidnappeurs assermentés. À la place, il est parti se promener dans les rues de Paris en touriste, cédant quelques barrettes à l'arrache ici et là – à des jeunes qui zonaient près du lycée Condorcet à l'heure du cours de physique, à des babos irlandais qui buvaient de la bière en jouant du djembé dans le square de l'église de la Trinité... –, avec un poil plus de discrétion qu'au skate park de la Part-Dieu toutefois. Ses écouteurs sur les oreilles et France Musique dans les tympans, il est descendu jusqu'aux Halles parce qu'il y avait un fameux bail qu'il voulait se faire sa propre opinion des mutations de son ancien terrain de jeu de fléau du commerce de prêt-à-porter (il n'a pas aimé la Canopée. Trop tape-à-l'œil, pas assez baltardienne, il a décrété. Et encore plus détesté l'inflation du nombre de vigiles et de caméras de sécurité dans les boutiques). Il s'est offert un ballon de côtes-du-rhône au prix d'une coupe de Dom Pérignon dans une brasserie près du Châtelet, a englouti un hamburger-frites-Coca dans un McDo au milieu d'une horde de supporters du RC Toulon prenant des forces avant la rencontre du lendemain au Parc (ils avaient l'air exagérément confiants mais il n'a pas fait son tifosi marseillais, le rugby stimulant moins son esprit de clocher et les Toulonnais restant des cousins, pour le coup), puis a traîné des heures le long des quais en fumant des clopes et des pétards sur fond de Nuits de France Culture.

Enfin, vanné, il a grugé le métro par habitude pour rentrer à l'hôtel, a vérifié que son shit était toujours bien au chaud dans ses cachettes (il l'était, mais il a dû remplacer le sac plastique dans la citerne des chiottes pour cause de défaut d'imperméabilité car il y avait déjà un peu de condensation à l'intérieur), s'en est roulé un petit dernier en écoutant la rediffusion d'une vieille interview de Georges Moustaki et s'est endormi en se disant que demain était un autre jour.

*

Rico vient de voir passer Bogdana sur le boulevard Beaumarchais, marchant vite en direction de la place de la Bastille, traînant une petite valise à roulettes, et il en est presque aussi bouleversé que s'il venait de croiser Mourad, même si ce n'est pas la même nature de bouleversement. Il règle l'express à quatre euros qu'il était en train de siroter en terrasse, ne prend pas le temps d'expliquer au loufiat que, sur le Vieux-Port, il en aurait eu deux pour le même prix, facile, verre d'eau compris, se lève de sa chaise, et prend l'hallucination ambulante en filature. Bogdana, *sa* Bogdana, elle avait quatre piges de plus que lui. Elle aurait pris au moins autant de bouteille, sinon plus, puisque les femmes sont censées morfler davantage que les hommes de l'outrage des ans, prétend-on, au moins en surface. Enfin, pas davantage que les ex-picolos fumeurs de shit compulsifs au visage ravagé de couperose et de veinules dilatées dans son genre, ça va sans dire, mais *en général*. Quinze mètres en retrait, rasant les murs à la manière d'un détective d'opérette, il l'observe de dos, est convaincu de reconnaître son cul en pomme, sa nuque de cygne, ses boucles blondes, et jusqu'à sa démarche, les pieds légèrement en dedans. Parce qu'il lui faut en avoir le cœur net, il traverse le boulevard, galope en avant, retraverse, et progresse vers elle jusqu'à la croiser. La même beauté slave à pommettes saillantes qui avait su le détourner de son tropisme latin. Les mêmes yeux pers. Les mêmes lèvres pulpeuses de solide paysanne bulgare élevée au yaourt sans additifs ni colorants capitalistes, comme elle rétorquait lorsqu'il la vannait sur les pénuries alimentaires et les plans quinquennaux. Et pas une ride! Pas même un cheveu gris! Il esquisse un sourire, elle ne le remarque pas ; elle continue de tracter sa Samsonite, perdue dans ses pensées, et le dépasse. Mais Rico poursuit sa filoche, même s'il a bien compris, à ce stade, qu'en fait de Bogdana immarcescible, c'est juste une gamine de vingt balais grand max qui lui ressemble comme deux gouttes d'eau. Un sosie. Ça arrive. Et plus souvent qu'on ne croit : l'autre jour, dans La Méthode scientifique, un neurobiologiste expliquait d'ailleurs que les gènes définissant les traits du visage ne sont pas si nombreux, que c'est un peu comme le même jeu de cartes qu'on distribuerait et redistribuerait à l'infini, et que, fatalement, un tas de gens finissent par se retrouver avec exactement la même main. Des *doppelgänger* de Rico à différentes étapes de décrépitude, il y en a probablement des centaines à travers le monde. Alors idem pour les Bogdana. Ça, au moins, c'est paritaire.

À un moment, la Bogdanette se fige, se retourne, et il est forcé de se jeter sous un porche parce qu'il se dit qu'elle va finir par le repérer, appeler les flics et le faire coffrer pour harcèlement de rue, mais c'était juste pour réajuster les roulettes branlantes qui s'accrochent à tous les nids de poule et la freinent dans sa marche. Puis elle s'arrête pour de bon, pousse la porte vitrée d'une boutique de déco chichiteuse et Rico se poste en sentinelle sur le trottoir d'en face d'où il allume une clope pour se donner une contenance. Lorsqu'elle réapparaît enfin, c'est en compagnie d'une Bogdana nettement plus mûre, à laquelle elle claque une double bise pour dire au revoir avant de reprendre sa route vers la place de la Bastille, sa valoche toujours en remorque.

*

Bogdana – *la vraie,* il n'y a désormais plus aucun doute – a pris un sacré coup derrière les oreilles, c'est indéniable, mais il y a sans doute pas de mal de baby-boomeuses qui aimeraient avoir franchi le cap de la soixantaine avec autant de panache, il se dit en la détaillant du coin de l'œil, prétendant maintenant s'intéresser à la vitrine d'un magasin d'appareils photos. Ses longs cheveux devenus gris, mais d'un gris argenté chic, rien de la sorcière négligée, encadrent un visage aux traits toujours aussi finement dessinés. Et sa silhouette n'a pas grand-chose à envier à celle de Bogdanette non plus. Bref, Bogdana – *sa* Bogdana – est toujours un canon, il décrète fièrement, comme s'il avait eu la moindre influence sur son processus de vieillissement. S'apprêtant à retourner dans la boutique, elle retire une poussière invisible de sa manche d'un geste délicat et ajuste sa jupe pendant que lui frétille sur son trottoir, déchiré.

Il voudrait traverser le boulevard, s'approcher, lui parler, l'enlacer même, on peut toujours rêver, mais il se sent soudain moche et vieux. Instinctivement, il enfourne ses grosses mains mauves dans les poches de son Perfecto et tente de se concentrer sur la fiche technique d'un énorme Nikon argentique dont le prix est tellement élevé qu'il pensait que c'était la référence du modèle. Il ne faut pas qu'elle le voie. À quoi bon ? Mais un camion de pompiers déboule toutes sirènes dehors et elle l'aperçoit alors qu'elle se retourne machinalement vers la chaussée. Il se détourne de son Nikon, hausse les épaules, les sourcils en accent circonflexe, les mains levées paumes en l'air, mime la surprise, joue au mec qui n'en revient pas, et ça n'est pas difficile finalement puisqu'il n'en revient pas. Puis il traverse pour aller à sa rencontre, manquant de justesse de se faire renverser par un livreur Uber Eats sur son vélo qui l'engueule copieusement.

XII

« Rico ? Rico, c'est bien toi ? s'exclame Bogdana lorsqu'il arrive à sa hauteur, et elle a toujours cette petite pointe d'accent roucoulant que toutes ses années parisiennes ne sont manifestement pas parvenues à éradiquer pour de bon. Mais qu'est-ce que tu fous-là ? Mon dieu, ça me fait trop bizarre, ça fait tellement longtemps...

— Oh fan... Longtemps, on peut le dire. Genre, dans les vingt-cinq ans, non ?

— Hum, vingt-sept exactement si on préfère la précision...

— Ah oui, évidemment, vingt-sept, je suis con..., il fait semblant de calculer en haussant les sourcils et en se frottant le menton, mais ça pourrait tout aussi bien être quarante ou cent soixante-dix tellement tout ça lui paraît loin – une autre vie. Quasiment celle de l'un de ses *doppelgänger*, pour ainsi dire.

— Tu es encore à Paris alors... J'étais persuadée que tu étais retourné vivre à Marseille. C'est ce que tu avais dit que tu ferais en tout cas…

— Oui, oui, j'étais bien rentré à Marseille à l'époque et j'y suis toujours. Là, je suis juste remonté quelques jours. C'est… Vé, c'est pour mes affaires, en fait…

— Ah bon ? Pour tes affaires ?

— Enfin, pour *une affaire*…

— Ha ha, il y a des choses qui ne changent pas !

— … »

Elle rigole, mais elle a l'air au moins aussi émue que lui, il le remarque, et ça le surprend autant que ça lui tord les tripes. Mais un téléphone sonne dans la boutique, deux clientes du genre gravures de mode y entrent l'une après l'autre et, après avoir jeté un coup d'œil à sa montre, elle lance, presque fébrilement : « Écoute Rico, là tout de suite, tu vois que j'ai du monde, j'ai des mails à envoyer, des coups de fil à passer, je suis super occupée… J'ai pas vraiment le temps de bavarder. Tu restes encore dans les parages ? Moi je baisse le rideau à 19 heures, c'est dans moins d'une heure. Et je peux même pas laisser ma vendeuse fermer toute seule, c'est une nouvelle, elle va paniquer… Si tu as un peu de temps devant toi, ça te dirait qu'on aille boire un verre juste après ? On va tout de même pas en rester là, c'est pas possible…

— Tu parles que ça me dirait ! J'allais te le proposer. Et j'avais encore une bricole à faire dans le secteur de toute manière, donc c'est pratique. Je te retrouve ici à 7 heures alors ? »

Elle répond « O.K., génial ! » en lui tapotant légèrement la manche, retourne dans son magasin et il reste encore un instant à la regarder parler avec ses clientes à travers la vitrine avant de s'en aller.

*

Assis l'un en face de l'autre dans un café de la rue du Chemin vert, Rico et Bogdana se dévisagent sans rien se dire, deux verres de vin posés sur la table en marbre, rouge pour lui, blanc pour elle. Il se demande stupidement si elle le trouve toujours à son goût – elle n'arrêtait pas de lui répéter qu'il était le plus beau mec avec lequel elle était jamais sortie et l'appelait son petit Alain Delon marseillais – mais se rétorque aussitôt que non, évidemment pas : « Oh fatche ! Elle doit surtout se dire qu'elle l'a échappé belle ! » Outrage des ans hormono-sexiste ou pas, lui la kiffe toujours autant, aucun doute là-dessus. D'ailleurs, est-ce qu'elle l'avait déjà, cette adorable petite fossette côté droit ? Sûrement. Qui se laisse pousser des fossettes ? Il ne s'en souvenait pourtant pas. Se tortillant sur sa chaise, il tente de planquer ses vilains battoirs fracassés sous la table, qu'il est pourtant bien obligé de faire ré-émerger pour attraper son ballon de côtes-du-rhône ; il voudrait aussi éviter de lui imposer ses mandibules de sans-dents François-hollandais mais, là encore, il est bien forcé d'ouvrir la bouche pour le siroter, son pinard.

Brisant un silence qui commençait à devenir embarrassant, Bogdana lui raconte que, presque immédiatement après l'avoir quitté, elle s'était trouvé un job de grouillotte trilingue français-bulgare-russe dans une boîte qui importait des métaux de derrière le rideau de fer afin de les y réexpédier sous forme de tuyaux et de gouttières pour le bâtiment et l'industrie. Elle y était restée pas mal d'années, gravissant les échelons à coups de cours du soir au CNAM jusqu'à devenir cadre sup et à se mettre à gagner pas mal de pognon, la chute du mur et l'entrée de la Bulgarie dans l'Union européenne aidant. Suffisamment de pognon, d'ailleurs, pour décider d'en démissionner une petite décennie plus tôt et d'enfin ouvrir la boutique de déco sur laquelle elle avait toujours fantasmé (ça, pour le coup, il s'en souvenait parfaitement, elle en parlait tout le temps, de sa future boutique ; et lui lui promettait qu'il l'y aiderait) et même de s'acheter un vaste appartement avec terrasse et perspective imprenable sur les bateaux-maisons du bassin de l'Arsenal.

« Ouah ! Beau parcours. Je suis impressionné ! Tu t'es sacrément bien démerdée, pour une immigrée bulgare sans diplômes ni relations ! il lâche, et l'admiration n'est pas feinte.

— Hi hi hi, pas aussi bien que Sylvie Vartan si on cherche un point de comparaison adapté, mais oui, je suppose que je m'en suis pas trop mal tirée.

— Vé, pour vraiment faire tout comme elle, ti'aurais surtout dû commencer par te trouver un faux rocker riche !

— J'ai pas eu cette chance. J'étais plutôt abonnée aux faux rockers pauvres, moi...

— ... »

Mais elle veut savoir si lui aussi a fait son chemin et le presse de questions bien que, sa dégaine en guise d'indice, elle réalise qu'il a toujours les tiags posées sur le même palier de l'ascenseur social qu'à l'époque où ils déménageaient toutes les trois semaines d'un meublé crapoteux à l'autre. Lorsqu'elle assemblait des hamburgers en kit chez Quick et baby-sittait des minots de bourgeois pendant qu'il pillait les magasins et faisait ses premiers pas dans le deal cannabique. Alors il ment. Il s'invente une fausse vie marseillaise, oh, pas si fastoche, il faut bien une explication rationnelle à ses ratiches comme à ses paluches, mais une fausse vie avec davantage de relief que la vraie tout de même. Il raconte qu'il est mécano dans un garage pour motos de collection (« Harley, Triumph, Royal Enfield, Norton, ce genre de bécanes vintage pour rupins qui ont de la classe ») mais qu'il a aussi racheté quelques parts de l'établissement au fil des ans, ce qui fait qu'il est pratiquement devenu patron lui aussi, finalement. Qu'il est monté à Paris chercher une pièce super compliquée à dénicher chez un collectionneur. Et qu'il s'est même acheté un petit appart sympa avec terrasse lui aussi, mais sans la vue sur les bateaux malgré sa plus grande proximité avec la Grande Bleue ! Bref, que c'est pas la gloire et la fortune, O.K., mais que, bon, on peut pas se plaindre non plus. Y en a des plus malheureux. Elle le félicite et lui effleure empathiquement l'avant-bras en souriant.

« Et côté cœur alors ? Tu t'es marié ? T'as une copine ? Et tu as eu des enfants ?

— Non. Pas de gosses, pas de femme. Ça s'est pas fait. Faut croire que j'étais pas trop doué pour ça, il dit en faisant la moue et en haussant les épaules. Mais j'ai des petites copines ici et là, tu penses bien, il précise.

— Ben moi, j'ai une fille de 21 ans. Je l'ai eue juste avant la limite d'âge ! Elle s'appelle Marina. C'est mon soleil. Belle, brillante, rigolote, tout pour plaire ! D'ailleurs, figure-toi, tu débarquais seulement cinq minutes plus tôt et tu tombais sur elle ! Mais elle partait prendre le train, là. Elle va passer quelques jours chez son père à Dijon...

— Oh ! Je l'ai vue sortir de ta boutique en fait. Je te dirais que ça m'a fait un sacré choc, même...

— Quoi ? Tu n'as tout de même pas cru que...

— Ben non, t'inquiète, je suis pas si débile ! C'est juste qu'elle te ressemble tellement... Je l'ai prise pour toi, tiens, c'est ça qui m'a fait un choc. Une vraie hallu ! Alors, vous n'êtes plus ensemble, du coup, avec le père ?

— Non. Ça n'avait pas duré si longtemps, juste le temps de faire un gosse et puis bye bye, quoi...

— Hum, un peu comme nous le temps de pas en faire un. Enfin, c'est pas exactement ce que je voulais dire », il se reprend immédiatement, réalisant qu'une fausse couche à cinq mois, les saignements, la douleur, l'arrivée en catastrophe aux urgences d'Ambroise-Paré, le curetage, la nuit d'horreur, la séparation dans les cris et dans les larmes la semaine suivante ne sont pas exactement les souvenirs qu'il voudrait raviver juste maintenant. Pour elle autant que pour lui.

« Non, c'était pas du tout comme nous... Et nous, c'était une vraie histoire, on était des amoureux... Lui c'était juste un type de passage.

— Ouais, on était des amoureux jusqu'à ce que tu m'aimes plus.

— C'était pas simple, tu le sais bien », elle dit en lui touchant à nouveau le bras.

*

Ils bavardent encore un moment de leur vie respective et la sienne a vraiment l'air cool, entre sa fille qui pousse et sa boutique qui marche, ses grands voyages (elle est allée pratiquement partout et retourne en Bulgarie régulièrement, envisage même vaguement d'y acheter une maison pour y prendre sa retraite ou au moins pour faire un placement parce que les prix de l'immobilier y grimpent à toute allure : « Le pays a énormément changé tu sais. Sofia, c'est pratiquement devenu un mini-Paris, c'était pas gagné ! ») Bref, elle est heureuse. Mais, non, elle n'a pas de mec. Du moins pas en ce moment. Elle était bien restée plusieurs années avec un type – un ingénieur de son ex-boîte, en mode chacun chez soi/vaches bien gardées – après le père de Marina, a parfois des histoires sans lendemain *via* le profil Tinder qu'elle active ou met sur pause en fonction de ses humeurs, il faut bien que le corps exulte, mais elle se sent mieux seule que mal accompagnée désormais : « Ça doit être la fameuse sagesse dont tout le monde parle. Ça arrive en même temps que l'arthrose ! »

Rico écoute attentivement. Et en même temps son cerveau construit des univers parallèles et échafaude des théories sur la manière dont les choses auraient pu tourner pour elle, pour lui, pour eux, sans la perte du bébé. S'ils l'avaient faite ensemble, par exemple, cette Marina. S'ils étaient restés en couple à Paris, ou même si elle l'avait suivi à Marseille, puisqu'ils l'avaient envisagé. S'ils étaient devenus un couple de zonards alcooliques en perdition dont la DDASS n'aurait pas tardé à confisquer la rejetonne ou si, au contraire, s'ils s'étaient lancés en duo et avec succès dans l'import-export pour le BTP et la déco pour bourgeois... Si ceci. Si cela. Avec des « si », on en serait toujours à autre chose que là où l'on en est.

Quand c'est à nouveau son tour de parler, il continue à mentir comme un stomatologue de foire médiévale. À inventer des dizaines de détails et d'anecdotes sur son garage, son associé « sympa mais feignant » (« Té, il pourrait mettre un peu plus souvent les mains dans le cambouis, ct'enculé ! Ah ! pour te donner des conseils, il est toujours là, mais pour te déposer un moteur ou changer une courroie, y a plus personne ! »), ses clients tatillons (« Les mecs friqués, vé, ils laissent jamais rien passer. Mais ça doit être pareil avec tes clientes, je suppose... »). Il évoque aussi les pièces rares qu'il doit parfois aller récupérer aux quatre coins du pays (« Tiens, Lyon, par exemple, j'en reviens tout juste, très grosse concurrence sur le marché... ») parce que, « même avec Chronopost, c'est bien trop risqué », et aussi parce qu'il vaut mieux pouvoir les examiner en direct histoire de ne pas se faire refiler une contrefaçon chinoise pourrie. Comme ce coup-ci, justement : un carburateur de BSA Thunderbolt 1963 encore dans son emballage d'origine dont il doit aller prendre livraison le lendemain du côté de Pantin : « Un truc introuvable, ça faisait des mois qu'on le cherchait partout, même sur internet ! » Puis il craque, comme ça sans qu'il sache d'où ça vient. Il lui dit la vérité, il crache le morceau. Il déballe tout. Il est à Paris parce qu'il s'est enfui deux jours plus tôt, après avoir piqué un gros paquet de shit à son grossiste qui le cherche pour lui faire la peau. Il n'est pas plus coactionnaire d'un garage à vieilles anglaises qu'il ne possède d'appartement cosy dans le centre de Marseille. À la place, il est au RSA, vend des fringues d'occase sur les marchés, deale en gagne-petit et vit dans un taudis (en coloc avec un gros rat gris) dont il sera sans doute bientôt expulsé. Il dit qu'il est au bout du rouleau. Bogdana le regarde sans rien dire mais des larmes coulent le long de ses joues et salopent son Rimmel. Elle attrape carrément la grosse main rouge aux ongles en deuil de Rico avec la sienne, fine, baguée et manucurée, la serre fort. Il voudrait la retirer, mais elle l'en empêche, renforçant sa pression, et il se met à pleurer doucement lui aussi sous les regards gênés des hipsters des tables voisines.

*

En sortant du bistrot, Rico et Bogdana sont allés se balader comme des amoureux sur les quais en se parlant du temps d'avant, qui n'était pas qu'affreux, loin s'en faut, ont mangé des sushis et bu du saké tiède dans un petit resto japonais de la rue des Tournelles, puis se sont retrouvés devant chez elle et elle lui a proposé de monter boire un dernier verre, puisque qu'il n'était pas tard et que sa fille ne serait pas là pour s'étonner de sa présence. Lui s'est demandé si elle l'avait fait exprès ou si c'était juste la balade au hasard qui les avait conduits là. Ils sont entrés dans l'immeuble cossu à colonnades et cariatides, ne se sont rien dit dans l'ascenseur, comme gênés, faisant le décompte des étages sur le petit écran – 1, 2, 3, 4, 5, ding ! –, et une fois la porte d'entrée franchie, il s'est brusquement tourné vers elle et a essayé de l'embrasser mais elle s'est détournée en rigolant sans méchanceté.

« Mais qu'est-ce que tu fais Rico ? On n'en est plus là...

— Excuse-moi, je sais pas ce qui m'a pris. Te revoir comme ça... Maintenant... Ici...

— Allez, c'est pas grave, viens plutôt t'asseoir ! »

Il s'est posé sur le canapé en cuir d'un salon rempli d'objets et de bibelots qui venaient sans doute de sa boutique, c'était le même genre en tout cas, et il a attendu qu'elle revienne de la cuisine avec un plateau, des verres, et une bouteille de champagne parce qu'elle en garde toujours une au frigo pour les grandes occasions improvisées, elle a dit. Elle lui a proposé de l'ouvrir pour qu'il fasse l'homme, et elle a observé ses mains pendant qu'il en faisait pataudement sauter le bouchon, au point qu'il s'est senti obligé d'expliquer, même si elle ne lui demandait rien, l'histoire des cuirs, du vinaigre blanc et de l'huile d'olive, et elle en a encore eu les larmes aux yeux.

*

S'approchant alors de lui, c'est elle qui l'a embrassé. D'abord dans une sorte de baiser emprunté de film en noir et blanc, lèvres contre lèvres, puis pour de vrai, avec la langue, ses doigts s'enfouissant dans les torsades de son catogan gris. Elle l'a entraîné vers la chambre où elle l'a déshabillé comme elle aurait déshabillé un gamin, même s'il a dû lui prêter main forte pour les santiags (et qu'il a eu honte de ses chaussettes sales et pleines de trous). Elle s'est ensuite déshabillée elle-même pendant qu'il restait à la contempler, tout nu sur le grand lit, les mains posées sur les cuisses, et ils ont fait l'amour, lentement, doucement, précautionneusement, avant de s'endormir, serrés l'un contre l'autre.

XIII

Au matin, lorsque Rico s'est réveillé, Bogdana n'était plus dans la chambre mais il pouvait l'entendre faire des trucs dans la cuisine, la radio allumée sur le 7/9 de France Inter, Charline Vanhoenacker allumant un invité de droite avec ses vannes de cour d'école. Il s'est levé, a ramassé son caleçon, l'a enfilé, puis, se jugeant un poil trop bedonnant dans le miroir en pied de la penderie, même en rentrant le ventre au maximum, il a aussi remis son T-shirt avant de la rejoindre.

« Bien dormi ? elle lui a demandé en lui proposant de s'asseoir pour le petit déjeuner.

— Pas mal. Mieux que depuis longtemps, en fait.

— Cool. Ça doit être l'air pur et vivifiant de Paris ! Tu prends du café ou du thé ? Je me souviens plus.

— Ha ha ! Du café bien sûr ! Bien costaud à la ritale ! Le thé, c'est pas trop mon style. »

Ils ont bavardé de tout et de rien en mangeant des tartines puis, d'un ton soudain sérieux, elle lui a dit que c'était formidable, qu'ils se soient revus comme ça, par hasard, mais qu'il ne fallait pas trop qu'il se la raconte. Qu'elle avait sa vie, lui la sienne. Et que c'était devenu deux vies bien différentes depuis tout ce temps. C'était un peu embarrassé. Elle avait dû gamberger depuis la veille. Peut-être même qu'elle regrettait son moment d'égarement, il s'est dit.

« Tu m'as dit que ti'avais personne...

— J'ai personne, mais je t'ai aussi dit que c'était par choix. Je suis bien comme ça. J'ai ma fille, ma boutique, mes amis... C'est ça ma vie désormais.

— Ah ! O.K. Mais je te demande rien tu sais.

— Je sais. Qu'est-ce que tu vas faire maintenant ?

— Ben, déjà, je vais aller récupérer ma moto à la fourrière de Pantin...

— Non, je veux dire, par rapport à ton histoire à Marseille, ce mec qui veut te faire la peau, ton père qu'il menace...

— Franchement, je sais pas. Je suis parti sans faire de plans. J'improvise pratiquement de quart d'heure en quart d'heure.

— Ça pourrait marcher, tu crois, de leur expliquer que c'était pas toi ? Ou alors simplement de leur rendre le shit ?

— Je pense pas, non. C'est pas comme ça que ça se passe avec ces mecs. Y a pas beaucoup d'espace pour la discussion. Vé, leur rendre le shit, j'aurais commencé par là si ça avait été possible. Enfin, j'aurais plutôt commencé par pas le prendre du tout.

— Bon. Et aller voir les flics ? Je sais que ça a l'air con comme suggestion, mais tout de même...

— Oui, c'est con comme suggestion. Ça servirait à rien non plus. Je me suis foutu dans la merde tout seul, il faut que je m'en sorte tout seul, même si je sais pas comment. »

Ils ont encore bavardé, elle lui a resservi du café, puis elle a dit qu'il fallait qu'elle se prépare pour aller à la boutique. Qu'elle ne pouvait absolument pas être en retard parce qu'elle attendait une grosse livraison de vases de Murano avant l'ouverture. « Il rentre quand, ton père, à Marseille ? » elle a demandé.

— Dans une dizaine de jours.... Mais je sais pas si je vais attendre jusque-là. Je me rends bien compte que ça sert à rien d'être à Paris. Ça fait pas avancer le schmilblick. Ouais, c'est ça, je vais sans doute redescendre aujourd'hui en fait. On verra bien.

— .... »

Il est allé prendre une douche, s'est habillé, puis s'est roulé un joint sur le balcon de la chambre pendant qu'elle prenait la sienne. Lorsqu'elle est revenue en peignoir, ses longs cheveux enturbannés dans une serviette, il le lui a tendu mais elle a rigolé et a dit : « Ça aussi, c'est fini depuis longtemps ! J'ai bien failli replonger une fois pour le fun y a pas longtemps, quand je suis tombée sur la réserve secrète de Marina en pliant son linge, mais j'ai vaillamment résisté !

— Tu crois vraiment que ça n'aurait jamais pu marcher pour de bon, nous deux, si ti'avais pas perdu le minot ? Qu'on n'aurait pas pu rester ensemble ?

— Non, il se serait passé autre chose... N'importe quoi d'autre. On avait un truc fort, mais on n'allait pas dans la même direction, on voulait pas les mêmes choses de la vie...

— Oh fatche ! tu crois que ce que j'ai, toutes mes histoires à la con, toutes ces embrouilles, c'est ce que je voulais ? J'avais d'autres rêves moi aussi. J'avais pas spécialement envie de tout foirer.

— Non, bien sûr. Je dis pas ça.

— Ça m'a fait du bien en tout cas, qu'on se revoie comme ça. Surtout en ce moment.

— À moi aussi. C'est comme si on avait conclu un truc qu'on n'avait jamais fini, vu la manière dont on s'est séparés.

— Hé ho, c'est toi qui t'es barrée, qui m'a envoyé bouler...

— Mais qu'est-ce qu'il fallait que je fasse, enfin ? Que je reste ? Qu'on reste ensemble ? Que je retombe enceinte six mois plus tard, qu'on n'ait nulle part où aller, rien à bouffer et qu'on ait même la mafia aux trousses avec une ado sur les bras vingt ans plus tard ? elle crie presque mais se reprend immédiatement : excuse-moi Rico. Je voulais pas dire ça. C'est débile. C'est méchant...

— Non, c'est ni débile ni méchant. Ti'as parfaitement raison. »

Ils se sont embrassés une dernière fois avant qu'il ne parte et elle pleurait. Dans la rue, il est resté un petit moment devant l'immeuble, à regarder la fenêtre du cinquième étage derrière laquelle elle était sans doute encore en train de se préparer lorsqu'elle est apparue de derrière le rideau et lui a fait un petit signe de la main. Il a rougi et s'est enfui vers le métro.

*

En partant de chez Bogdana, les narines encore imprégnées de son odeur, les lèvres encore humides de sa salive, les pupilles encore saturées de son image, les neurones encore embrumés par le pétard géant qu'il s'était roulé dans l'ascenseur pour faire face à ce débordement d'émotion, Rico a pris la ligne 5 jusqu'à Hoche afin d'aller récupérer la Virago à la fourrière de Pantin. Mais ne comprenant rien au plan du quartier affiché dans la station, qui aurait tout aussi bien pu être celui d'un autre secteur à son avis puisque rien ne correspondait, il n'est pas parvenu à trouver cette fameuse rue de la Marseillaise. Dans le bistrot où il a fini par entrer pour demander son chemin à une paire d'anciens à béret basque qui carburaient déjà à la mousse de bon matin, il en a profité pour s'enquérir de l'origine de ce nom, une Phocéenne anonyme s'étant peut-être illustrée dans ce coin perdu de l'est parisien, ce qui aurait simultanément flatté son esprit de clocher et enrichi son répertoire d'anecdotes.

« Hé hé! Mais non, qu'est-ce que vous allez chercher?! C'est *la Marseillaise, la chanson* voyons! » a rigolé l'un des vieux, qui touchait justement sa bille en historiographie locale : « Jusqu'au début des années 1930, la rue s'appelait d'ailleurs Rouget-de-Lisle et faisait partie de la commune du Pré-Saint-Gervais. Quand elle a été rattachée au 19e arrondissement, ils ont changé le nom mais c'est resté dans le même esprit. Je sais de quoi je parle, mon père tenait un bougnat au numéro 30! »

Le pépé s'est alors levé de son tabouret pour en entonner le couplet sur les cohortes étrangères faisant la loi dans nos foyers, son demi de Jupiler brandi comme un glaive, et Rico, hilare, a commandé un ballon de rouge pour lui tenir patriotiquement compagnie.

*

Dans les Algecos rouillés leur servant de bureau, les employés municipaux qui tapaient le carton entre deux clients l'ont délesté de 135 euros de frais de fourrière en plus d'une amende de 59 euros et d'un supplément de 10 euros pour « garde journalière » avant de daigner lui rendre sa Yamaha – laquelle, en guise de remerciements, a refusé de démarrer. Un type en bleu de travail qui bricolait sur le parking, un grand blond avec des dreadlocks, s'est alors approché pour lui proposer de jeter un coup d'œil. Il a tripoté la moto ici et là, a resserré un truc ou deux avec la panoplie d'outils qui pendaient de sa grosse ceinture à crochets de travailleur manuel, puis lui a dit que c'était juste la connexion du relais de démarreur qui déconnait et que ça n'était pas grave mais qu'il ferait bien de la faire vérifier avant que ça ne s'aggrave : « Ces vieilles bécanes, c'est plus robuste que les récentes avec toute leur électronique, mais y a toujours un truc qui se dérègle tout de même et ça coûte une blinde à entretenir. Moi qui suis mécano, je ne fais plus que du vélo. Ça va moins vite mais c'est moins prise de tête. Et ça m'évite surtout la fourrière parce qu'on la paye aussi même lorsqu'on y bosse, croyez-le ou non ! » Rico l'a remercié et a enfin pu reprendre la route lorsqu'il s'est mis à pleuvoir, d'abord juste un crachin puis carrément une tornade avec du tonnerre et des éclairs. Tchao Pantin, c'était vraiment chouette.

Il est retourné jusqu'à Pigalle *via* la Villette et Stalingrad, a garé la moto juste devant l'hôtel sans mettre la chaîne (mais à une vraie place légale pour deux-roues) parce qu'il était trempé jusqu'aux os et pensait juste demander à la réceptionniste comment accéder à la courette, mais la meuf n'était pas à son poste et avait placé une petite affichette « De retour dans un quart d'heure » sur son comptoir. Remonté dans sa chambre pour l'attendre au sec, il en a profité pour se confectionner quelques barrettes d'avance avec le shit caché sous la dalle de polystyrène du plafond, puis, par acquit de conscience, a jeté un coup d'œil à l'intérieur du sommier où, là, le chichon avait disparu. Il s'est précipité sur la troisième planque, dans la citerne des chiottes : il n'y restait plus qu'un sac plastique vide et fripé.

Il est redescendu comme un dingue à la réception, dévalant les marches quatre à quatre et se pétant même la gueule sur une marche disjointe à l'arrivée au rez-de-chaussée, mais la nana n'était toujours pas revenue. Puis il est ressorti dans la rue juste au moment où un mec en tournait le coin juché sur sa Virago et celui-là n'était certainement pas fonctionnaire municipal.

*

Son casque à la main et ses sacoches sur l'épaule, Rico pensait pouvoir monter dans l'un de ces Ouigo à 19 euros dont la promo braillarde s'étalait en 4 par 3 sur tous les murs de la gare de Lyon, mais il a dû en dépenser six fois plus pour un TGV standard auprès d'un guichetier qui ne faisait pas dans le low cost : « Ça se prend seulement en ligne, ces billets-là. C'est pour ça que c'est pas cher. On peut pas avoir le beurre et l'argent du beurre ! Pourquoi ne l'achetez-vous pas plutôt avec votre téléphone ?

— Oh fatchedeuh con ! De longue vous allez me la sortir, celle-là ? il a commencé à s'énerver avant de se reprendre et redescendre d'un cran : O.K. Tant pis pour moi. C'est pas ma journée de toute manière...

— D'un autre côté, vous aurez le wifi gratuit à bord. Y a pas ça dans le Ouigo. Vous n'êtes pas complètement perdant.

— Le wifi gratuit ? C'est vraiment super bien foutu votre affaire : c'est en prenant un billet pour le train le plus cher qu'on peut s'acheter un billet pour le train le moins cher, alors ?

— Ha ha, on peut le voir comme ça ! Ça fera 116 euros. Vous payez par carte ou en liquide ? Pour ça au moins, c'est le même prix. »

En attendant l'heure du départ, Rico a zoné sans but entre les différents halls, pissant discrètement dans un recoin sombre parce que les toilettes étaient payantes, achetant un sandwich au poulet reconstitué dans de la baguette molle à La Croissanterie parce qu'il n'avait rien mangé depuis le matin et avait une dalle d'enfer, et feuilletant longuement la presse dans un Relay jusqu'à ce qu'un vendeur qui l'avait pris pour un clodo ne vienne lui dire qu'il n'était pas dans un « salon de lecture ». « *Salon de lecture !* Et lui, non ?! J't'en foutrais, des salons de lecture, la con de sa mère ! » il s'est dit en replaçant *Philosophie Magazine* sur sa gondole, faisant l'impasse sur la fin d'une passionnante interview de Slavoj Žižek sur « Les Balkans comme inconscient de l'Europe ». Mais là encore, il ne s'est pas donné la peine d'envoyer chier le mec pour de vrai. Il n'avait plus la force.

D'ailleurs, même pour la moto, il s'est épargné la queue chez les condés pour le dépôt de plainte. On verra ça plus tard, il a pensé. À quoi bon ? Elle n'était pas assurée contre le vol et ne cote plus que des clopinettes à *L'Argus* de toute manière. Pas plus qu'il ne s'est pris le chou avec la réceptionniste de l'hôtel pour le shit, lorsqu'il est venu lui expliquer qu'il avait eu un petit souci et qu'elle l'a assuré, goguenarde, que non, bien sûr, personne n'était entré dans sa chambre pendant son absence et qu'elle n'aimait pas beaucoup ses insinuations. « Et on vous aurait piqué quoi, au juste ? » elle a juste demandé en le regardant s'en aller, trempé, piteux, défait, écrabouillé.

*

Puis, dans un train pratiquement vide, il a pu s'étaler de tout son long dans son « espace Duo », s'endormant aussitôt d'un mauvais sommeil peuplé de minuscules diablotins grimaçants fumant des pétards en chantant *la Marseillaise* à califourchon sur des Yamaha géantes et se morphant – ça changeait tout le temps – en Mourad, en gardien de fourrière, en réceptionniste d'hôtel, en voleur de moto et même en Bogdana parce que les cauchemars, c'est vraiment n'importe quoi.

XIV
Dénouement
(mais c'est pas mieux après)

« Oh collègue, encore une fois, si tu pouvais éviter de laisser tout ton bordel devant l'entrée des bungalows, ça serait vraiment génial, lance Robert, le permanent Emmaüs légèrement casse-couilles mais sympa tout de même, au moment où Rico enfile son casque et enfourche son mini scooter cabossé. Ti'es pas tout seul ici, faut libérer le passage et ça fait déjà une semaine que je te répète que tu peux utiliser le container du fond de la cour pour ranger tes trucs. Personne s'en sert, y a plein de place, profite...

— Ouais ouais, je sais, t'inquiète, je m'en occupe. Ton container, ça sera pas la peine de toute manière. Je vais te dégager tout ça dès cet aprème, j'ai un pote qui doit passer avec son camion...

— Ah super! Ti'as pu résoudre tes soucis de stockage alors ?

— Ben ouais, je te l'avais dit. Je te racontais pas des conneries. On m'a prêté un double-box qui ferme à clef à Valmante et j'y ai déjà pratiquement tout ramené de mon ancien appart. Il me restait plus que ces quelques sacs, en fait...

— Parfait. Autrement, ce soir, c'est la grande soirée pizza-jeux de société. Ti'es des nôtres ?

— Hum, c'est gentil de me le proposer mais je pense pas. J'ai déjà un autre truc de prévu.

— O.K. Comme tu veux. Mais si tu changes d'avis, c'est no problémo. Tu sais que tu es toujours le bienvenu. »

Rico démarre, franchit le portail d'entrée en faisant un petit signe de la main au responsable qui le regarde s'éloigner avec un grand sourire niais, les mains posées sur les hanches, puis prend la route pour La Rouvière où il a rendez-vous avec Virginie pour un cinquante balles. C'est elle qui a repris contact après avoir pourtant juré sur la tête de ses trois chats angora qu'elle se fournirait désormais ailleurs parce qu'il n'était pas assez fiable (« Plus de trois semaines sans répondre aux messages. Ho ! Tu te fous de ma gueule ou quoi ?! ») et bien trop cher de toute manière, et qu'il l'ait lui-même envoyé chier en disant que des clientes à la con dans son genre, il pouvait parfaitement s'en passer.

Mais il faut croire que son nouveau plan chichon n'était pas si parfait non plus, à la connasse. Rico, en représailles, lui a d'ailleurs expliqué au téléphone qu'il ne ferait désormais plus les vingt balles pour diverses « raisons logistiques » sur lesquelles il ne s'est pas étendu et elle a entériné sans broncher. Elle a juste dit qu'elle s'arrangerait pour aller retirer plus de blé à l'avance. S'il avait su, il y a un bail qu'il l'aurait mise au pas. Elle et les autres.

Lorsqu'on accélère trop brusquement, le petit scooter chinois fait exactement le même bruit qu'un robot de cuisine en surrégime et son design électroménager est à l'avenant mais il fait le boulot fort convenablement. C'est un 50cc de douzième main que Sergio lui a cédé pour 180 euros en attendant qu'une opportunité plus appropriée se présente (il y aurait d'ailleurs un plan de Honda Shadow 125 à prix canon en gestation, une sorte de cousine germaine pleine de chromes de sa regrettée Virago) mais, faute de grives, on doit parfois manger du Moulinex... Et il faut justement qu'il se grouille s'il veut être revenu de La Rouvière avant l'arrivée chez Emmaüs de Doumé et de son camion, alors il met les gaz. Mais il n'y a pas beaucoup de circulation, ça roule bien, il ne se prend plus que des feux verts une fois passé l'obélisque de Michelet, et il arrive pile à l'heure pour la transaction. Le visage délibérément fermé – terminé le copinage faux-cul –, il se déleste de son morceau et empoche ses cinquante balles sans même chercher à entamer une conversation ; ce qui surprend Virginie qui avait du temps à perdre et semblait vouloir le taquiner un peu au sujet de son nouveau destrier pour se venger des nouvelles modalités commerciales :

« Oh mais dis-moi, Rico, ti'as plus ta belle moto de Marlon Brando ? C'est pas trop ton style, ce scoot de minot du collège...

— Eh non, comme tu vois, je l'ai plus. Ciao. »

*

Maintenant qu'il est pensionnaire de ce complexe de mobile homes pour SDF du 9e arrondissement, au pied du massif des calanques et à une encablure de la prison des Baumettes, Rico doit réévaluer toutes ses distances et tous ses temps de trajet. Impossible de faire quoi que ce soit à pied depuis ce secteur, et encore moins de compter sur les transports en commun (« Fatchedeuh con, on dit toujours les quartiers nord, les quartiers nord... Mais les quartiers sud, c'est pas beaucoup moins le ghetto ! »). C'est pour ça qu'il n'a pas trop fait la fine bouche pour le scooter. Tout ça reste pourtant le cadet de ses soucis parce que, trois semaines en arrière, à son retour de Paris, c'était du côté du cimetière Saint-Pierre qu'il pensait être forcé d'emménager et il s'y serait plutôt rendu en corbillard. Mais voilà : il a eu du cul. Un cul gros comme la porte d'Aix, même... Enfin, lorsqu'il se repasse la séquence, il n'a pas encore complètement décidé s'il avait eu tant de chance que ça. C'est très einsteinien.

Débarquant de la gare Saint-Charles, il avait en effet retrouvé sa porte d'entrée explosée et son appartement tellement saccagé qu'il s'était demandé, une fois l'ahurissement retombé, comment les visiteurs s'étaient débrouillés pour ajouter autant de bordel au bordel. Même lui n'aurait pas su comment faire. Tout était en vrac : les ballots de fringues éventrés, les blousons déchirés, son matelas retourné et lacéré, la cuvette des toilettes et bac de douche descellés, les ampoules et les vitres brisées, sa belle radio Sony fracassée... Et, cerise macabre sur le gâteau, c'est en soulevant une pile de cuirs qu'il était tombé sur le cadavre du rat et ça lui avait presque fait de la peine. Non, ça lui avait *vraiment* fait de la peine, en fait. Les mecs avaient carrément décapité la bestiole, djihad style – sa petite tête aux yeux exorbités par l'effroi ou la douleur ne restant plus attachée à son corps que par un lambeau ensanglanté de fourrure grise –, et ils ne l'avaient sûrement pas préalablement chopée au Taureau ailé ou à la tapette à mie de pain, ces enculés !

Il était descendu voir la concierge, lui avait expliqué qu'il avait été cambriolé pendant un « déplacement professionnel » à Paris, elle était montée évaluer la situation et s'était étonnée de n'avoir rien entendu (« C'est incroyable, même les voisins de palier n'ont rien remarqué, ou ils m'auraient forcément prévenue ! »), vu l'ampleur des dégâts. Puis elle avait ajouté qu'elle serait obligée d'en avertir le syndic, puisqu'il faudrait au minimum remplacer ou faire réparer la porte. Et lui serait bien forcé de porter plainte pour faire jouer son assurance.

« Ça va pas vraiment arranger mes affaires, ça, si vous prévenez le syndic, il avait tenté. Vous savez que je suis dans la dernière ligne droite au tribunal. Il vaut mieux que je me démerde tout seul sans faire de vagues, si ça vous ennuie pas. La porte, vé, je lui clouerai trois planches dessus, elle sera pas pire qu'avant. Et puis pour déposer plainte, hum, je verrai bien. On m'a rien piqué d'important de toute manière.

— Ah ! Mais vous z'êtes pas au courant, alors ? On vous a pas contacté ? elle avait alors répondu en écarquillant les yeux.

— Au courant de quoi ?

— Ben, pour votre procès. C'est bouclé, vous l'avez perdu... Ils ont prononcé l'expulsion. Ils doivent même venir vous dégager dans la semaine avec huissiers, flics et tout et tout...

— Mais c'est pas possible ! On rentre pratiquement dans la trêve hivernale, c'est interdit de foutre les gens dehors !

Même les squatteurs à ce qu'on dit...

— Ma foi, apparemment, là, ils peuvent quand même. Y m'ont pas donné tous les détails vous pensez bien, je suis juste la gardienne. Y z'ont même déjà fixé une date pour la rénovation complète de l'appartement! Mais bon, j'y connais rien, hein... »

*

Ratatouille avait toutefois été immédiatement vengé, ce que Rico avait appris dans la foulée, d'abord *via* Radio Chichon pour les grandes lignes, puis dans *La Provence* pour les détails. La veille même de son retour, un gang de Nigérians avait en effet lancé une OPA sur les points de deal et les stocks de la tribu mouradienne, la décimant intégralement. Ça avait été tellement sanglant, en fait, qu'il était désormais question que Macron revienne faire un tour à Marseille pour promettre une nouvelle enveloppe d'un milliard d'euros pour la sécurité en général et un contingent de 300 policiers supplémentaires pour les quartiers en particulier, comme à chaque fois que ça barde pour de bon (et quinze morts et vingt-cinq blessés dont dix graves, ça sortait tout de même un peu de l'ordinaire phocéen). Ça avait aussi pas mal fait gamberger chez les observateurs de la vie criminelle, qui y voyaient la preuve d'un passage à la vitesse supérieure de cette mafia ouest-africaine fraîchement débarquée d'Italie et jusqu'alors plutôt abonnée aux petits trafics – voire, peut-être, les prémices d'une redistribution des cartes cannabiques sur base ethnique, comme lorsque les Corses avaient passé la main aux Maghrébins dans la douleur deux décennies plus tôt.

Pour autant, cette dimension géopolitique de l'événement

restait plutôt secondaire du point de vue de Rico, qui s'était surtout réjoui de la fin de ses propres embrouilles : plus de Mourad, plus de problème. Commentant l'aventure sur France Inter, Dominique Seux aurait vraisemblablement parlé d'« externalités positives ».

*

« Écoutez, monsieur Donadini, je suis sincèrement désolé, lui a dit l'avocat lorsque Rico l'a appelé, décrochant même son téléphone dès la première sonnerie. On a fait ce qu'on a pu mais je vous avais toujours dit que c'était pas gagné d'avance. Toute ces dettes accumulées, toutes ces procédures engagées par les foncières successives pour les mêmes raisons, toutes ces histoires d'occupation illégale des parties communes... Ça faisait beaucoup.

— Oh, déjà, Maître, vous auriez pu me prévenir tout de suite. J'aurais pas appris par la concierge que j'allais me retrouver à la rue en deux deux !

— Mais j'ai essayé de vous joindre dès que j'ai reçu l'info. Vous étiez constamment sur boîte vocale ! Et je ne voulais pas juste vous envoyer un texto pour vous l'annoncer. D'ailleurs, je vous ai même laissé plusieurs messages en vous demandant de me rappeler en urgence !

— Ouais, ouais, j'ai eu des soucis par ailleurs. J'étais pas à Marseille. Je pouvais pas écouter mes messages. Enfin, c'est trop compliqué à expliquer...

— ...

— Et comment ça ce fait, qu'on me vire alors que la trêve hivernale commence ? C'est pas illégal, ça ? Rico reprend. La loi, ça marche bien dans les deux sens, non ? C'est pas juste pour les gros !

— Alors là, figurez-vous, c'est à cause de l'amiante. On n'aurait peut-être pas dû insister à ce point là-dessus puisque l'avocat de la foncière s'en est servi pour faire flipper le juge. Du coup, ils ont pris un arrêté de péril avec effet immédiat comme ils l'ont fait pour tous ces immeubles pas spécialement pourris après les effondrements de la rue d'Aubagne. Tout le monde se couvre, désormais. Personne ne veut être montré du doigt s'il se passe un truc grave.

— Et comment je vais faire maintenant, si je dois me casser dans la semaine ? J'ai nulle part où aller.

— Ah, là, il y aurait une solution temporaire en attendant mieux par la loi DALO, dit l'avocat en changeant radicalement de ton, est c'est pratiquement comme s'il lui annonçait qu'il n'avait peut-être plus d'appart, mais qu'il avait gagné au loto par ailleurs : c'est sans doute pas le Pérou, mais il y une place qui vient de se libérer dans le 9e, chez Emmaüs... Je peux intervenir pour vous l'obtenir pratiquement tout de suite. Vous n'auriez pas de battement !

— Arf, Emmaüs ? Chez les clodos ? Va fancoule ! J'en suis là ? Je suis un clodo, ça y est ?! Merci pour tout, *môssieur* l'avocat !

— Chez les clodos, chez les clodos, du calme... Ils ont des mobile homes. C'est comme ces bungalows qu'il y a dans les campings. Et je connais l'endroit. C'est confortable, bien chauffé et tout équipé. Vous auriez même une télé ! Et vous seriez tout seul dans le vôtre alors que, normalement, ça se partage à deux ou trois et on peut parfois mal tomber...

— ....

— Écoutez, monsieur Donadini, encore une fois je suis vraiment désolé, mais c'est tout ce que j'ai pu débloquer.

Je me suis vraiment occupé de vous, vous savez. Je sais que vous pensez que je me contente d'empocher l'aide juridictionnelle, mais c'est faux !

— Et mon vier, oh, j'ai jamais dit ça ! ment Rico, qui en veut au boutonneux, O.K., mais qui voit bien qu'il s'est pris le chou pour de bon sur son histoire malgré tout. Et pour la dette, tout ce pognon qu'ils me demandaient ? C'est effacé ? Je dois plus rien à personne ? »

— Alors là, pas du tout, ça a même augmenté parce que vous êtes condamné aux dépens. Le juge vous fait juste grâce des derniers mois de loyers impayés, puisqu'ils n'étaient pas dans la procédure initiale et malgré les demandes de la foncière qui exigeaient leur prise en compte. La facture, maintenant, c'est 35 000 euros et des poussières. Je sais plus exactement, j'ai pas le dossier sous la main...

— Ha ha ha, 35 000 euros ! Pourquoi pas un million d'euros ? *Pourquoi pas un milliard*, tant qu'on y est ?!

— Bah, on ne peut pas tondre un œuf, ça veut dire que vous pouvez vous en foutre. Le RSA n'est pas saisissable et pour, disons, vos autres sources de revenus, je ne crois pas que ce soit pris en compte, si vous voyez ce que je veux dire... »

*

Revenu de La Rouvière, Rico a retrouvé son transporteur habituel, arrivé en avance, ce qui était moins habituel pour le coup, fumant une clope avec Robert près de son camion, et ils avaient déjà chargé tous les sacs dans le camion.

« C'est pas si mal ici, ti'es au vert, en fait. Pas comme aux Docks. Regarde, on voit les collines ! » s'est enthousiasmé Doumé comme s'il le congratulait pour l'acquisition d'une résidence secondaire à la campagne.

— Ouais, trop bien. On peut même voir la prison si on grimpe à un arbre...

— Rhôôô... Regarde un peu le verre à moitié plein, gari ! Bon, ti'es prêt ? On y go ?

— Ouais. Allons-y. »

Dans le fourgon, direction Valmante, une résidence jumelle de La Rouvière mais en plus petit, Doumé a commenté les derniers développements de la fusillade (les Nigérians auraient déjà fait amis-amis avec les autres réseaux, qui ne portaient apparemment pas le gang de Mourad dans leur cœur et n'étaient pas si mécontents que ça d'en être débarrassés), et a cherché à savoir si Rico avait plus d'infos sur le sujet : « C'est ton ancien quartier, non ? Ton père, il habite pas toujours par là-bas ? Et le mec qui s'est fait décapiter, Mourad machin-chose, c'était pas un pote à toi ? Quelle affaire, putain ! »). Mais Rico n'avait pas envie d'en parler et a réorienté la conversation sur le box, le remerciant à nouveau pour ce prêt qui tombait à pic : « Je sais pas comment j'aurais fait sans toi. Franchement, j'avais zéro solution.

— Vé, ti'étais trop dans la merde, j'allais pas te laisser comme ça, on est collègues, quand même ! Mais remercie plutôt ma tante Marie-Paule. Il à est à elle, ce garage, mais elle n'en faisait rien depuis des années. Il restait vide. D'ailleurs – ha ha ha ! –, c'est pas toi qui me cassait les couilles quand je t'expliquais que dans les familles corses, on se rendait des services... Té, si tu tiens tant que ça à remercier quelqu'un, ti'auras qu'à lui acheter des chocolats. Ça fera plaisir à son diabète !

*

En chemin pour une commande de rupin du 7e, du côté du boulevard Bompard, quelques jours plus tard, Rico a fait un petit crochet par Notre-Dame de la Garde pour lui payer un autre cierge géant qu'il a placé tout en haut du brûloir cette fois-ci, ne craignant plus d'être ostentatoire. C'est sûr, elle n'avait pas réellement fait tout le boulot, la Bonne Mère, ou alors il cohabiterait encore avec son rat, disposerait toujours de l'intégralité de son stock de shit et n'aurait pas galéré autant avant de trouver un nouveau grossiste (il a décidé de ne pas aller voir les Nigérians, ça n'aurait pas été totalement éthique. Il touche à la Castellane, désormais). Mais échapper aux pieds dans le ciment, permettre à son paternel de passer entre les gouttes sans n'avoir jamais rien su de toute cette affaire et, surtout, avoir revu Bogdana, c'était tout de même la preuve qu'elle s'était bien bougé le cul. « Bref, j'ai pu reprendre le cours de ma vie de merde normale après un épisode ultra-merdique mais qui risquait de le devenir beaucoup plus. Je vous salue Marie, vous êtes bénie entre toutes les femmes... », il a dit en allumant cérémonieusement la grosse bougie avec son Zippo mais c'était plus de l'ironie que du sarcasme.

*

Dédé et Farid, ses deux voisins de mobile home, complètement bourrés malgré l'heure matinale, sont encore en train de se prendre bruyamment le teston sous la fenêtre ouverte et Rico, qui venait tout juste de se préparer du café, est obligé de se lever pour aller la fermer. Il en profite pour allumer la radio et c'est l'heure du bulletin d'info sur Inter. Thibaut Cavaillès, le présentateur qu'il aime bien parce qu'il a un accent du sud et que c'est rare sur un service public où tout le monde parle pointu (en l'espèce, c'est plutôt un accent du Sud-Ouest, mais bon, bel effort...), est en train d'expliquer que les Chinois vont assigner toute une ville à domicile – et pas une petite, Wuhan, 11 millions d'habitants, pratiquement Paris et sa banlieue, même si personne n'en a jamais entendu parler – à cause d'une saloperie de virus inconnu qui saturerait les services de réanimation et les cimetières. Apparemment, les gens n'auront plus le droit de mettre le nez dehors pour une durée indéterminée sous peine de se retrouver au gnouf.

« Purée, les Chinois, il leur arrive toujours des trucs pas possibles, il se bidonne. Un virus qui te tue ou t'empêche de sortir, ça doit pas trop faire les affaires des mecs qui vendent du shit par là-bas. J'imagine même pas comment je me démerderais. Ils fument du shit, d'ailleurs, en Chine ? C'est pas plutôt l'opium, leur truc ? Enfin, mieux chez eux que chez nous, hein, ce genre de conneries... »

Déjà parus aux Éditions Intervalles

LITTÉRATURE

Parano, de Jan Lars Jensen
Douze histoires cul sec, d'Anthony James Perry
D'amour et d'Amazone, d'Anthony Smith
À la recherche d'Hassan, de Terence Ward
Le roman que je n'ai pas écrit, de Linda Grant
Nos années folles, de Linda Grant
1421, l'année où la Chine a découvert l'Amérique, de Gavin Menzies
Twelve Bar Blues, de Patrick Neate
Jérusalem, de Patrick Neate
Les mots pour jouir, de Martin Melkonian
Cent un jours à Bagdad, de Åsne Seierstad
Les Ailes de Sarajevo, de Bill Carter
Boom, Bust, Boom, de Bill Carter
Le Sang des âmes, de Theo Hakola
Rakia, de Theo Hakola
La fin est mon commencement, de Tiziano Terzani
Un devin m'a dit, de Tiziano Terzani
Un autre tour de manège, de Tiziano Terzani
Lettres contre la guerre, de Tiziano Terzani
Bonne nuit, Monsieur Lénine, de Tiziano Terzani
Soname ou la bonne fortune, de Soname Yangchen
La Demoiselle de Sing Sing, d'Idanna Pucci
Collection irraisonnée de préfaces à des livres fétiches, de M. Page et T. B. Reverdy (dir.)
Les Petites Fées de New York, de Martin Millar
Kalix, la loup-garou solitaire, de Martin Millar
Kalix, la malédiction de la loup-garou, de Martin Millar
La Déesse des marguerites et des boutons d'or, de Martin Millar
Nos mots croisés, de Daphné Kauffmann
Un personnage en Italie, de Daphné Kauffmann
Le Sens de l'équilibre, de Daphné Kauffmann et Clément Leroy
Les Tribulations d'un opiomane (1895-1915), de James S. Lee
Softcore, de Tirdad Zolghadr
Raga Mala, de Ravi Shankar
Voyage au pays des juges, de Jean-Claude Boulard
Le Cartographe, de Guillaume Jan
Traîne-Savane, de Guillaume Jan
Marie et les Autres, d'Axel Léotard
18 % gris, de Zachary Karabashliev
Détrompez-vous !, de Jean Szlamowicz
Le Sexe et la Langue, de Jean Szlamowicz et Xavier-Laurent Salvador
Les Meilleures Intentions du monde, de Gabriel Malika
Qatarina, de Gabriel Malika
Au nom d'Alexandre, d'Olivier Auroy
L'Amour propre, d'Olivier Auroy
Le Dicorona, d'Olivier Auroy
Christiania ou les enfants de l'utopie, de Laurène Champalle

Comme sur un lit de roses, de Millard Kaufman
Des bambous dans la surface de réparation, de Rowan Simons
Petit journal de bord des frontières, de Gazmend Kapllani
Je m'appelle Europe, de Gazmend Kapllani
La Dernière Page, de Gazmend Kapllani
Le Pays des pas perdus, de Gazmend Kapllani
Voyages sur Chesterfield, de Philippe Coussin-Grudzinski
Là-Batz, le roman d'une île, de Guénaëlle Baily-Daujon
Les Enfants de l'exil, de D. Guelar, V. Jarach, B. Ruiz
Doris Darling, de Ben Elton
Les Menteurs, d'Anthony Neilson
Absolut Barbarian trip, d'Elias Jabre
Comic Strip, d'Arnaud Modat
Bye Bye Leningrad, de Ludmila Shtern
Un psychopathe et demi, d'Elias Jabre
Zeus, de Sébastien Gendron
La Nuit des secrets, de David Doma
Le Monde selon Cheng, de Stéphane Reynaud
Avec les hommes, de Mikaël Hirsch
Notre-Dame des Vents, de Mikaël Hirsch
Libertalia, de Mikaël Hirsch
Quand nous étions des ombres, de Mikaël Hirsch
Les Heures pâles, de Gabriel Robinson
Découvrez Mykonos hors saison, de Richard Gaitet
L'Aimant, de Richard Gaitet
Sotchi inventaire, de Jean-Claude Taki
La Paix à l'œuvre, de Menahem Begin et Anouar el-Sadate
L'argent a été viré sur votre compte, de Dimitris Sotakis
Comment devenir propriétaire d'un supermarché sur une île déserte, de Dimitris Sotakis
Une famille presque parfaite, de Dimitris Sotakis
Un grand serviteur, de Dimitris Sotakis
Une bien modeste famille, de Da Ngân
Ça pourrait bien être votre jour de chance, de Mileta Prodanović
Baby Baby, de Marianne Groves
Dans la peau d'un monstre (gentil), d'Yves Brunier
Hôtel International, de Rachel Vanier
Écosystème, de Rachel Vanier
Physique de la mélancolie, de Guéorgui Gospodinov
Un roman naturel, de Guéorgui Gospodinov
Tous nos corps, de Guéorgui Gospodinov
La Belle Affaire, de Sonia Ristić
Des fleurs dans le vent, de Sonia Ristić
Saisons en friche, de Sonia Ristić
Pornification, de Jean-Luc Marret
Explorations sur le terrain du sexe ukrainien, de Oksana Zaboujko
Weiwei-ismes, d'Ai Weiwei
Notre humanité, d'Ai Weiwei
Le Muscle du silence, de Rouja Lazarova
À la trace, de Carole Zalberg
La Bataille de Penang, de John Robertson
Ping-Pong, de Park Min-kyu
Les Bonnes Mœurs, de Timothée Gaget

Tante Rosa, de Sevgi Soysal
La Porte de la mer, de Youcef Zirem
Nouvelles nouvelles d'Azerbaïdjan, de Michka Assayas (dir.)
Le Peintre et la Voyageuse, de Patricia Almarcegui
L'homme qui ne voulait pas devenir président, de Julien Leclercq
Bouddha Boudoir, d'Elsa Levy
Le Sourire du chien, de Dimana Trankova
La Caverne vide, de Dimana Trankova
Dans l'ombre du viaduc, d'Alain Delmas
Xéno, d'Alain Delmas
Femme de seconde main, d'Uršul'a Kovalyk
L'Écuyère, d'Uršul'a Kovalyk
Petits Hommes, de Konrad Laghos
La Voix de Cabo, de Catherine Baldisserri
Le Merle bleu, de Vesna Maric
Les adultes n'existent pas, de Sylvia Hansel
Cannonball, de Sylvia Hansel
Les fruits encore verts, de Wioletta Greg
Une petite vie, de Khosraw Mani
Le Pélerinage, de Tiit Aleksejev
Deuxième mi-temps, d'Hugues Serraf
Le Dernier Juif de France, d'Hugues Serraf
Avenida Vladimir Lénine, de Constance Latourte
Le Ballet des retardataires, de Maïa Aboueleze
En haut de l'affiche, de Fabrice Châtelain
Cafard noir, de Stéphane Rose (dir.)
Le Chien, son maître et les parents proches, de Tagbumgyal
Dieu, le point médian et moi, d'Anne Robatel
Contrechants, d'Anne Robatel
La littérature n'est pas qu'un sport de combat, d'Anne Robatel
La Correction, de Guillaume Lafond
Sanatorium, de Barbara Klicka
Ton fils Huckleberry Finn, de Bekim Sejranović
La Vie suspendue, de Baptiste Ledan
Un été à Anafi, de François-Xavier Freland

PHOTOGRAPHIE, LIVRES ILLUSTRÉS

Idolâtrisme, de Jocelyn Bain Hogg
Les Enfants d'Abraham, d'Abbas
Tokyo Love Hello, de Chris Steele-Perkins
Toxi Food, de Sabine Pigalle
Festins libertins, de Sabine Pigalle
Protectors, de Sabine Pigalle
Coronabécédaire, de Sabine Pigalle
India notes, de Raghu Rai et Tiziano Terzani
Cinéma, de Xavier Lambours
Roland-Garros, fenêtre sur courts, de Stéphan Gladieu
De la guerre et de l'amour, de Fouad Elkoury
Lettres kazakhes, de Guillaume Reynard et Jean-Claude Taki
Sotchi pour mémoire, de Guillaume Reynard et Jean-Claude Taki

Quarante-cinq histoires d'automobiles, de Magnum Photos et Bruno Gibert
Georges Aperghis : Avis de tempête, de Célia Houdart
Le Travail révélé, de Sophie Prunier-Poulmaire (dir.)
Êtres au travail, de Sophie Prunier-Poulmaire (dir.)
California Dreaming, de Naomi Harris et Yann Perreau
Under Gods, de Liz Hingley
La lutte continue, de Tomas van Houtryve
Mortem, d'Éric Atlan
Le Chant du Monstre, (n°1, n°2, n°3) revue
Gueule d'Hexagone, du collectif Argos
S.A.P.E., d'Héctor Mediavilla
Terre de foot, d'Aurélien Abels Eber, Romain de La Bouvrie et Thomas de La Bouvrie
Les Bâtisseurs, de Jérôme Cabanel
It's not only Rock'n'Roll, de Catherine Viale et Mathias Moreau
Papa porte une robe, de Piotr Barsony
Éloge des arborinidés, de Julien Nouveau
Spektrum Berlin, de Matthias Heiderich
Flying Blues, d'Emmanuelle Han
Rhizome, de Geraldine Jacques
EuroBus, de Taylor Holland
Parisian Gentleman, d'Hugo Jacomet
Italian Gentleman, d'Hugo Jacomet
Angelo Mariani, le vin de coca et la naissance de la publicité moderne, d'Aymon de Lestrange
Terres à vendre, de Cécile Cazenave (dir.) et Terra Project
Tribus du monde, d'Anne de Vandière
La Faune parisienne, de Caroline Dartiailh et Laure Didry
Ici prochainement : Sarajevo, d'Alban Lécuyer
Regarde où tu marches, de S. Buitekant et J.-L. Soularue
Monstres médiévaux, de Damien et Maria Kempf
Chasseur de monstres médiévaux, de Damien Kempf
Utopia, de Carlo Bevilacqua
Personal Tattoo, de Sophie Le Berre
Bibliométéo, de Marthe Pequignot
Les Villes émotionnelles, de Julie Andrade et Audrey Zeilas
Mékong, de Martin Bertrand

Achevé d'imprimer en mai 2022
sur les presses de l'imprimerie IsiPrint
à La Courneuve
Imprimé et broché en France

Dépôt légal : deuxième trimestre 2022
Composition et couverture : Catherine Piot
Révisions : Pierre-Olivier Cervesi, Garance Marty, Catherine Piot

Éditions Intervalles

Direction éditoriale : Armand de Saint Sauveur

2 rue Bleue 75009 Paris France
Tel. : +33 1 53 43 83 30
www.editionsintervalles.com